수레바퀴 아래서

U n t e r m R a d

수레바퀴 아래서

헤르만 헤세 지음 | 이순학 옮김

더클래식

차례

제1장 — 7
제2장 — 59
제3장 — 97
제4장 — 150
제5장 — 198
제6장 — 230
제7장 — 271

작품 해설 — 312
작가 연보 — 331

제1장

요제프 기벤라트 씨는 중개업과 대리업을 했다. 마을의 다른 사람들과 비교해 보면, 그는 별다른 장점이나 특성이 없는 사람이었다. 그는 건장한 체격에 장사 수완이 뛰어났고, 돈을 귀하게 여기며, 성실하고 정직하게 일했다. 그에게는 정원이 딸린 아담한 집과 집안 대대로 내려온 가족묘가 있었다. 종교의식은 다소 개방적이고 형식적으로 치렀지만, 신과 높은 관료직의 사람들을 적당히 존경할 줄 알았고, 시민 사회의 예의범절을 지나치게 중요시했다.

기벤라트 씨는 가끔 술을 마셨지만 취한 적은 없었다. 때론 의심을 살 만한 짓을 하기도 했는데 위험 수위를 넘지는 않았다. 가난한 사람들은 그를 구두쇠라고, 부유한 사람들은 그를 졸부라고 욕했다. 그는 시민 단체 회원으로, 매주 금요일마다 '독수리 주점'에서 열리는 볼링 게임에 참석했다. 빵 굽는 날이나 고기나 스튜를 먹는 자리에도 빠지지 않았다. 그리고 일을 할 때는 값이 싼 담배를 피웠지만, 식후나 일요일에는 고급 담배를 피웠다.

기벤라트 씨의 내면은 속물이었다. 젊을 때의 감상적인 마음은 이미 오래전에 먼지처럼 변해 버렸다. 가족에 대한 책임감과 아들에 대한 자부심, 가난한 사람들한테 가끔 느낀 값싼 동정심이 그에게 남겨진 따뜻한 감정의 전부였다. 그는 매사에 융통성 없이 교활하게 계산적으로 이익을 먼저 따졌다. 독서는 신문이면 충분했고, 문화 감상의 욕구는 시민 단체가 준비한, 아마추어 배우들의 연극이나 서커스를 관람하는 것으로 만족했다.

그가 이웃에 사는 어느 누구의 이름이나 집을 바꾼다 해도 달라지는 건 없을 것이다. 그가 가장 집중했던, 뛰어난 능력과 인물에 관한 끝없는 시기, 일반적이지 않거나 더 자유롭고 세련되고 지적인 것들에 대한 본능적인 적대감은 이 도시에 사는 다른 가장들과 비슷한 것 같았다. 그의 적대감은 치졸한 질투심에서 발현되었다.

이 정도면 그에 대한 이야기는 충분하다. 신랄한 풍자가의 입담으로만 이 천박한 생활과 자기 자신조차 의식하지 못하는 비극적인 삶을 묘사할 수 있을 것이다. 여하간 기벤라트 씨에게는 외아들이 있는데, 이제 그의 아들에 관해 이야기를 하고자 한다.

한스 기벤라트는 똑똑하고 재능 있는 소년이었다. 게다가 얼굴까지 잘생겨서 다른 아이들 속에 섞여 있어도 언제나 쉽게 눈에 띄었다. 슈바르츠발트의 이 작은 마을에서는 아직까지 그와 같은 수재가 배출된 적이 없었다. 그리고 이 좁은 동네를 떠나 넓은 세상에서 성공을 거둔 사람도 지금까지 없었다. 한스의 진지한 눈빛과 총명해 보이는 이마, 당당한 걸음걸이는 누구한테 물려받은 것일까? 어머니로부터일까? 하지만 그의 어머니는 여러 해 전에 세상을 떠났다. 그녀가 생존해 있을 때, 별다른 특징은 없었고 병치레하느라 힘없는 모습만 보았을 뿐이다. 그렇다면 아버지를 닮았을까? 그건 더더욱 아니다. 지난 800~900년 동안, 이 마을에서는 수재나 천재가 한 번도 나온 적이 없었다. 그런데 갑자기 하늘에서 신비한 불꽃이 떨어진 것이다.

이 마을에는 현대적인 교육을 받은 사람이 없었다. 관료들이나 교사들 가운데 젊고 영리한 사람들만이 신문을 통해 그러한 '교양 있는 인간'이 존재한다는 것을 어렴풋이 짐작하고 있을 뿐이었다. 이곳에서는 차라투스트라의 이야기를 모르더라도 교양 있는 척하며 살아갈 수 있었다. 그리고 사람들의 결혼 생활에는 아무런 문제도 없어 보였으며, 과거로부터 이어져 온 틀에 박힌 관습이 그들의 생활을 지배했다. 만족하며 지내는 부유한 사람들 가운데에는 지난 20여 년 동안에 수공업자에서 공장주가 된 사람들이 더러 있었다. 이들은 관료들 앞에서는 모자를 벗어 인사하며 친분을 다지려고 노력하면서도, 자기들끼리 어울릴 때에는 그들을 '인색한 놈', '서기 놈'이라고 비난했다.

마을 사람들은 관료들에게 굽실거렸으나, 돌아서서는 비아냥거리며 흉을 보았다. 그러면서도 자기 아들을 공부시켜 관료로 만들려는 희망찬 꿈을 갖고 있었다. 하지만 그것은 거의 이루어질 수 없는 신기루 같은 꿈에 불과

했다. 자녀들은 대부분 라틴어 공부에 쩔쩔매고 낙제를 거듭하다가 겨우겨우 턱걸이로 졸업했다. 그러나 한스의 재능은 확실히 남달랐다. 교장 선생님도, 선생님들도, 마을 사람들도, 목사도, 학교 친구들도 모두 그가 뛰어난 재능을 지닌 특별한 존재라는 사실을 인정했다. 이로써 그의 장래는 확실히 정해진 셈이었다. 슈바벤 지역에서 부자 부모를 가지고 있지 않는 한, 재능 있는 아이들 앞에는 한 가지 선택지밖에 없었다. 그 외길은 주 시험에 합격해서 신학교에 들어가고, 그다음에는 튀빙겐의 수도원에 들어가 목사가 되거나 교수가 되는 것이었다.

해마다 각 지방에서 사오십 명의 소년들이 이와 같은 평탄하고 안전한 길을 거쳐 갔다. 이 소년들은 나라의 후원 아래 인문과학 등 여러 분야를 공부하고, 이렇게 팔구 년을 보낸 뒤에는 보다 긴 두 번째의 삶을 향해 나아갔다. 그 두 번째의 삶이란 그들이 나라로부터 받은 혜택을 사회에 갚아 나가는 것이었다.

몇 주 후에 주 시험이 치러질 예정이었다. 그 시험은 각 지방의 뛰어난 소년들을 선발하기 위해 해마다 실시되었다. 시험이 치러지는 동안, 수험생을 보낸 각 지역에서는 가족들이 조바심을 내면서 시험 장소인 도시를 향해 기도를 올렸다.

한스는 마을에서 그 치열한 경쟁에 참여한 유일한 소년이었다. 그 명예는 대단했는데, 거저 얻은 것은 아니었다. 한스는 매일 오후 4시까지 수업을 받고 뒤이어 교장 선생님으로부터 그리스어를 따로 배워야 했다. 그리고 오후 6시부터는 마을 목사가 라틴어와 종교학 복습을 도와주었다. 게다가 일주일에 두 번은 저녁 식사 후에 수학 선생님의 지도를 받았다. 한편 한스는 지나친 공부와 정신적 부담으로 정서가 메마르는 것을 막기 위해, 매일 아침 수업 시작 한 시간 전에 종교의식에 참석해야 했다. 그 시간에는 감동적인 질문과 답변을 암송함으로써, 종교적인 신선함을 가슴 깊이 채울 수 있었다.

그러나 안타깝게도 한스는 그 시간이 주는 축복을 팽개쳐 버렸다. 그는 그리스어와 라틴어 연습 문제를 문답책 사이에 몰래 끼워 놓고 한 시간 내내 공부에만 몰두했던 것이다. 그러면서도 그는 그 시간 내내 불안하고 초조했다. 담임 목사가 가까이 다가오거나 자기 이름을 부를 때면 저절로 몸이 움츠러들었다. 그리고 답변을 해야 할 때는 이마에 땀이 흐르고 가슴이 두근거렸다. 그런데도 그의 답변은 정확하고 또렷하여 담임 목사를 흐뭇하게 했다.

한스는 집에 돌아와서도 밤늦도록 등잔불 밑에서 복습과 예습을 했다. 담임 선생님은 한스가 평화로운 가정의 조용한 분위기에서 공부하면 효과적일 거라고 말했다. 그래서 한스는 화요일과 토요일에는 밤 10시까지 공부를 했으며, 다른 요일에는 밤 11시나 12시까지, 때로는 더 늦게까지 공부를 하기도 했다. 한스의 아버지는 기름을 많이 쓴다고 투덜거렸지만, 속으로는 아들이 열심히 공부하는 것을 자랑스럽게 여겼다. 한스는 어쩌다 한가한 시간이 생기거나 일요일이 되면 학교에서 읽지 못한 책을 읽거나 문법을 복습했다. 그럴 때마다 아버지가 말했다.

"무리하지 마라. 지나쳐서 좋을 건 없어. 일주일에 한두 번은 산책을 하도록 하렴. 산책은 여러모로 도움이 되거든. 날씨가 좋을 때는 책을 들고 밖으로 나가는 것도 괜찮겠지. 신선한 공기를 마시면서 공부를 하면 쉽고 재미있을 거야. 어쨌든 고개를 들고 씩씩하게 걸으렴!"

한스는 아버지의 말씀대로 고개를 꼿꼿이 세우고 걸었으며, 산책을 하면서 공부를 하기도 했다. 그리고 잠이 모자라 피곤한 기색이 가득한 눈으로 말없이 걸어 다녔다. 어느 날 담임 선생님이 교장 선생님에게 물었다.

"기벤라트에 대해 어떻게 생각하십니까? 합격할까요?"

그러자 교장 선생님은 신이 나서 말했다.

"그 학생은 합격할 거예요. 틀림없이 합격할 겁니다. 그 학생은 아주 똑똑해요. 총명함으로 가득 차 있지요."

시험 전, 마지막 일주일 동안 한스의 얼굴은 많이 변했다. 부드럽고 귀여운 얼굴에서는 눈동자가 불안한 듯 탁한 빛을 내고 있었고, 고운 이마에 패어 있는 가느다란 주름은 정신의 깊이를 드러내는 듯했다. 그리고 가느다란 팔과 손은 보티첼리를 연상시키는, 나른한 우아함으로 축 늘어져 있었다.

마침내 시험 날짜가 다가왔다. 한스는 다음 날 아침 아버지와 함께 슈투트가르트로 가야 했다. 그곳에서 주 시험을 치르고 신학교의 좁은 문을 통과할 자격이 있는지 증명해 보여야 했던 것이다. 한스는 교장 선생님과 작별 인사를 나누었다. 교장 선생님은 여느 때와는 달리 부드러운 표정으로 말했다.

"오늘 저녁에는 공부하지 말고 푹 쉬도록 해라. 내일은 맑은 기분으로 슈투트가르트에 가야 한다. 지금부터 한 시간 정도만 산책을 하고 일찍 자도록 하렴. 잠을 충분히 자 두는 게 좋아."

한스는 교장 선생님으로부터 여러 가지 엄격한 충고를 들을 것이라고 생각하고 잔뜩 긴장하고 있었는데, 뜻밖에 다정한 말을 듣게 되자 의아하면서도 마음이 가벼워졌다. 한스는 안도의 숨을 내쉬며 학교에서 나왔다. 커다란 보리수나무들이 오후의 따가운 햇살 아래 하늘하늘 반짝이고 있었다. 그리고 시장 광장에 있는 두 개의 커다란 분수는 물을 뿜으며 출렁이고 있었다. 또 울퉁불퉁한 지붕들 너머로 검푸른 전나무와 숲을 이룬 산들이 가깝게 보였다. 한스는 이 모든 것들을 오랫동안 제대로 보지 못했다는 생각이 들었다. 정말 아름답고 매혹적인 풍경이었다. 그는 머리가 아팠지만, 그날은 더 이상 공부를 하지 않아도 되었기 때문에 마음이 가벼웠다.

한스는 시장 광장을 천천히 가로질러 낡은 시청 건물 앞을 지나갔다. 그리고 시장 골목과 대장간을 지나 낡은 다리에 이르렀고, 그곳에서 이리저리 서성이다가 다리의 난간에 걸터앉았다. 그는 지난 몇 달 동안 하루에 네 번씩 이 다리를 지나다녔다. 그런데도 다리 근처에 있는 조그만 고딕풍의 교회에는 눈길 한 번 주지 않았다. 또한 강물과 수문, 강둑과 물레방앗간도 눈여겨본 적이 없었다. 풀밭과 버드나무가 우거진 강가도 무관심하게 지나쳤다. 강가에는 가죽 공장이 들어서 있었으며, 강물은 고요하게 흐르고 버드나무 가지는 푸른 물결 위에 드리워져 있었다. 한스는 예전에 이곳에서 보냈던 시간들을 떠올려 보았다. 이곳에서 한스는 하루 종일 수영을 하거나 배를 타고 낚시를 했다. 낚시질! 그것마저도 거의 잊고 지냈다. 지난해에 시험 준비 때문에 낚시를 못 하게 되었을 때는 눈물까지 흘렸다. 낚시는 학창 시절의 가장 아름다운 추억이었다. 그때 버드나무 그늘 밑으로는 물레방앗간에서 떨어진 물이 잔잔하게 흘렀다. 고요한 수면은 햇빛을 받아 반짝거렸고, 낚싯대는 산들바람에 흔들렸다. 물고기가 미끼를 물었을 때 낚싯대를 잡아당기던 순간의 흥분! 세차게 파닥거리는 통통한 물고기를 손에 쥐었을 때의 기쁨! 한스는 그때 은어와 백어, 탐스러운 잉어, 그리고 조그맣고 예쁜 피라미도 낚았다.

한스는 한참 동안 강물을 굽어보았다. 푸른 물결을 보고 있자니 생각이 깊어지면서 슬픔에 젖어들었다. 어린 시절의 아름답고 자유로운 시간들이 멀리 흘러가 버린 것만 같았다. 한스는 주머니에서 빵 한 조각을 꺼낸 후 잘게 뜯어 강물 위로 던졌다. 그러자 물고기들이 몰려들어 물속으로 가라앉는 빵 부스러기들을 먹었다. 붕어들이 작은 부스러기들을 먹어 치우자, 커다란 잉어가 유유히 다가와 큰 부스러기들을 한입에 삼켰다. 천천히 흐르는 강물에서는 훈훈한 냄새가 피어올랐으며, 몇 조각의 흰 구름이 푸른 물결 위에 비쳤다. 그리고 물레방앗간의 둥근 바퀴는 삐걱거리며 돌아가고 있었다.

한스는 지난 일요일에 있었던 종교의식을 떠올렸다. 다른 사람들이 엄숙한 분위기에서 깊이 감동하고 있을 때, 그는 그리스어 동사들을 외우고 있었다. 그는 머리를 흔들며 생각했다.

'시험을 잘 볼 수 있을 거야!'

한스는 이런저런 생각을 털어 버리고 자

리에서 일어났다. 어디로 갈까 망설이고 있을 때 갑자기 억센 손이 그의 어깨를 잡았다. 한스는 깜짝 놀랐고, 곧이어 낯익은 목소리가 들려왔다.

"한스야, 잘 지냈니? 나랑 같이 산책할래?"

돌아보니 구둣방 주인 플라이크 아저씨였다. 한스는 예전에 플라이크 아저씨의 집에서 저녁 시간을 보내곤 했었다. 벌써 오래전의 일이었다.

한스는 신앙심이 깊은 플라이크 아저씨의 이야기를 흘려들으면서 걸었다. 플라이크 아저씨는 시험 이야기를 하면서 한스에게 행운을 빌고 용기를 북돋아 주었다. 하지만 그가 정말로 하고 싶은 말은 따로 있었다. 시험이 그렇게 중요한 것은 아니라는 말이었다. 뛰어난 학생도 시험에 떨어질 수 있으니, 만약 그렇게 된다 해도 부끄러워할 필요가 없다는 것을 말하고 싶었던 것이다.

한스는 플라이크 아저씨에 대해 조금 미안한 마음을 가지고 있었다. 플라이크 아저씨의 올바른 성품과 점잖은 태도를 존경했지만, 다른 종교관을 가진 사람들에 비난하는 것은 듣기가 거북했다. 사실 한스는 대답하기 어려운 날카로운 질문을 받는 것이 두려워서 일부러 플라이크 아저씨를 피해 왔다.

한스는 선생님들의 자랑거리가 된 뒤부터 우쭐해 있었다. 플라이크 아저씨는 한스에게 겸손해야 한다고 자주 이야기했다. 그 때문에 한스는 점점 더 플라이크 아저씨를 멀리했다. 한스는 반항심이 많고 누군가 자신의 자존심을 건드리는 것에 무척 예민한 아이였기 때문이다. 지금도 한스는 플라이크 아저씨의 이야기를 듣고는 있지만, 아저씨가 자신에 대해 얼마나 염려하고 있는지는 깨닫지 못했다.

두 사람은 크로넨 거리에서 마을 목사를 만났다. 플라이크 아저씨는 목사에게 쌀쌀한 태도토 인사를 건네고는 서둘러 가 버렸다. 목사가 새로운 유행을 따르면서 부활을 믿지 않는다는 소문을 들었기 때문이다. 목사는 한스와 나란히 걸으면서 물었다.

"잘 지내고 있겠지? 시험은 잘 볼 수 있을 거다."

"그럼요, 걱정하지 마세요."

"잘해야지. 모두가 너에게 기대를 걸고 있단다. 라틴어 시험은 특히 잘 봐야 해."

이 말을 듣고 한스가 조심스럽게 물었다.

"하지만 만약 시험에서 떨어지면요?"

목사는 깜짝 놀라 걸음을 멈추더니 말했다.

"떨어지다니? 그런 일은 상상할 수조차 없는 일이야. 그런 쓸데없는 걱정은 하지 마라."

"만약의 경우를 생각해 본 거예요."

"그런 일은 없을 거다. 괜한 걱정을 하는구나. 네 아버지께 안부 전해 드리렴. 힘내라!"

한스는 마을 목사와 헤어진 뒤 플라이크 아

저씨가 사라진 쪽을 바라보았다. 아저씨는 그렇게 말하지 않았던가! 하나님에 대한 올바른 믿음을 가지고 있다면, 라틴어 따위는 그리 중요하지 않다고 말이다. 그러나 모든 일이 그렇게 말처럼 쉬운 것은 아니다. 한스는 만약 시험에 떨어진다면 마을 목사 앞에서 얼굴을 들지 못할 것 같았다.

우울한 마음으로 집에 돌아온 한스는 언덕에 있는 조그만 정원으로 갔다. 그곳에는 오랫동안 버려진 채로 있는 낡은 헛간이 있었다. 그는 그곳에서 3년 동안이나 토끼를 길렀었다.

그러나 지난 가을, 시험 준비 때문에 토끼 기르기를 포기해야 했다. 그 후로 그는 한가한 시간이 거의 없었고 그의 손으로 직접 만들었던 헛간은 낡아서 허물어지기 직전이었다.

한스는 학교 친구인 아우구스트를 떠올렸다. 예전에 한스는 아우구스트와 함께 헛간을 만들고 토끼장을 고쳤다. 둘은 이곳에서 돌팔

매질을 하여 고양이를 쫓는가 하면, 천막을 치고 놀기도 했다. 그러나 한스는 공부에 전념해야 했고, 1년 전에 학교를 그만둔 아우구스트는 기계 수습공이 되었다. 그 후로 그들은 두 번밖에 만나지 못했다.

구름은 골짜기 너머로 흘러가고, 해는 벌써 산기슭을 향해 기울고 있었다. 한스는 엉엉 소리 내어 울고 싶었다. 그는 헛간에서 도끼를 들고 나와 가냘픈 팔로 마구 휘두르더니, 토끼장을 산산조각 내 버렸다. 널빤지가 사방으로 튀고, 썩어 버린 토끼 먹이가 여기저기로 흩어졌다. 한스는 토끼와 아우구스트, 어린 시절에 대한 그리움을 모두 없애 버리려는 듯이 마구 도끼를 휘둘렀다. 이를 본 아버지가 창가에 서서 소리쳤다.

"아니, 너 지금 뭐하는 거냐?"

"장작 패는 거예요."

한스는 이렇게 대답하고는 도끼를 내던지

고 집 밖으로 뛰쳐나갔다. 그는 강가를 따라 걸었다. 강가의 양조장 가까이에 두 개의 뗏목이 묶여 있었다. 전에 그는 종종 뗏목을 타고 몇 시간이나 강물을 따라 떠내려가곤 했다. 무더운 여름, 뗏목의 나무 사이로 강물이 철썩거리는 것을 보며 강물을 따라 가노라면, 상쾌한 기분이 들고 나른하게 졸음이 밀려왔다.

한스는 묶여 있는 뗏목에 올라타 벌렁 드러누웠다. 그러고는 예전의 즐거웠던 기억을 떠올리면서 뗏목을 타고 강물을 따라 흘러가는 상상을 했다. 그는 풀밭과 수문, 다리 아래를 지나 근심 없던 어린 시절로 떠내려가고 싶었다.

한스는 피곤에 지쳐 집으로 돌아왔다. 아버지는 다음 날 시험 장소인 슈투트가르트에 간다는 생각에 벌써 들떠 있었다. 아버지는 필요한 책을 가방에 넣었는지, 검은색 옷을 준비했는지, 그곳에 가는 동안 문법 공부를 할 것인지, 기분은 어떤지 등등을 몇 번이나 물었다.

한스는 마지못해 짧게 대답하고는 식사를 대충 한 뒤 저녁 인사를 했다. 그러자 아버지가 말했다.

"그래, 한스야! 잘 자거라. 내일 아침 6시에 깨우마. 참, 사전 챙기는 걸 잊지 말고!"

"그럼요, 잊지 않았어요. 안녕히 주무세요."

한스는 자기 방에서 불도 켜지 않은 채 오랫동안 앉아 있었다. 이 조그만 방은 그가 누구에게도 방해받지 않는 유일한 장소였다. 이곳에서 그는 밤늦도록 피곤과 졸음, 두통과 싸워 가며, 카이사르와 크세노폰, 문법과 사전, 수학 문제 등과 씨름했다. 아울러 세상에 이름을 떨치고 싶은 욕심 때문에 끈질기게 공부에 매달리기도 했고 하고 절망에 빠지기도 했다.

한편 한스는 어린 시절의 즐거움을 포기한 대가로 이 방에서 더 가치 있는 시간을 보내기도 했다. 자부심과 승리감에 휩싸여 뭐라고 표현할 수 없는 꿈같은 시간들을 보냈다. 자신은 다른 아이들과 달리 뛰어나서, 장차 훌륭한 사람이 되어 언젠가는 높은 자리에서 친구들을 내려다보게 될 것이라는 생각을 하며 행복감에 젖기도 했다. 한스는 이런저런 상상의 날개를 펴며 몇 시간을 보낸 뒤, 옷을 입은 채로 잠이 들었다.

이른 아침임에도 불구하고 교장 선생님이 기차역까지 배웅을 나왔다. 지금까지는 없었던 일이었다. 검은색 외투를 입은 한스의 아버지는 자랑스러움과 기쁨, 흥분으로 들떠 있었다. 그는 안절부절못하며 교장 선생님과 한스의 주위를 맴돌았고, 역장과 역무원들은 시험에 합격하기를 바란다며 인사를 했다.

한스의 아버지는 작고 딱딱한 여행 가방을 왼손과 오른손으로 번갈아 들기도 하고, 우산을 겨드랑이에 끼웠다가 무릎 사이에 끼우기도 했다. 그러다가 우산을 몇 번이나 떨어뜨렸다. 그의 침착하지 못한 행동을 보면, 슈투트가르트가 아니라 멀리 미국이라도 가는 게 아닌가 싶을 정도였다. 한스는 차분한 것처럼 보였으나 알 수 없는 불안감에 사로잡혀 있었다.

마침내 기차가 도착했다. 한스는 아버지와 기차에 올라탔고, 교장 선생님은 손을 들어 인사를 했다. 아버지는 긴장한 듯 담배에 불을 붙였다. 기차가 움직이자 골짜기 사이로 마을과 강물이 사라져 갔다. 두 사람에게는 즐겁기보다는 부담스러운 여행이었다.

기차가 슈투트가르트에 도착하자, 아버지는 갑자기 활기가 넘치더니 친절하고 사교적인 사람처럼 보이기까지 했다. 아마도 시골 사람이 어쩌다가 도시에 오게 되면 느끼게 되는 설렘 때문인 듯했다. 반면에 한스는 더욱 말이 없어지고 침울해졌는데, 도시를 보자 답답한 기분이 어깨를 짓눌렀기 때문이다. 낯선 사람들, 높이 솟은 건물들, 까마득하게 뻗어 있는 길과 전차, 거리의 소음 등이 그로 하여금 위압감과 두려움을 느끼게 했다.

두 사람은 숙모 집에 묵게 되었다. 낯선 공간, 숙모의 친절한 수다, 아버지의 계속되는 충고는 한스를 지치게 했다. 한스는 언짢은 기분으로 방 한구석에 우두커니 앉아 있었다. 익숙하지 않은 환경, 숙모의 도시적인 의상, 큼지막한 무늬의 양탄자, 탁상시계와 벽에 걸린 그림, 창밖의 시끄러운 거리 등을 보고 있자니 자신이 초라한 존재로 여겨졌다. 게다가 집을 떠나온 지 오래된 것 같았고, 그동안 배운 지식을 몽땅 잊어버린 듯했다. 한스가 오후에 그리스어를 복습하려는데 숙모가 산책을 가자고 했다. 그 순간 그의 머릿속에 초원의 푸름과 숲속의 바람 소리가 떠올랐다. 한스는 그냥 숙모의 뜻에 따랐다. 그러나 그는 곧 대도시에서의 산책이 시골과는 다르다는 사실을 깨달았다.

아버지는 시내에 볼 일이 있었기 때문에, 한스는 숙모와 단둘이 산책을 하러 나섰다. 그런더 집을 나서서 계단을 미처 다 내려가기도 전에 불쾌한 일이 생겼다. 계단에서 마주친 뚱뚱한 여인과 숙모가 무려 15분 동안이나 수다를 떨었던 것이다. 한스는 계단 난간에 기댄 채 그 수다가 끝나기를 기다렸다. 그 뚱뚱한 여인이 데리고 있던 개가 한스를 보고 으르렁거렸다. 그 여인은 코에 걸린 안경 너머로 한스를 쳐다보곤 했다. 한스는 두 사람이 자신에 대해 이야기하고 있음을 알 수 있었다.

거리로 나서자마자 숙모는 서둘러 어떤 가게 안으로 들어갔다. 숙모는 그곳에서 한참 동안이나 나오지 않았다. 한스는 거리에서 멀뚱멀뚱 서 있었다. 길을 가는 행인들이 그를 밀치기도 했고, 골목에서 놀던 아이들이 놀려 대기도 했다. 가게에서 나온 숙모는 한스에게 납작한 초콜릿을 내밀었다. 그는 초콜릿을 싫어했지만 예의 바르게 고맙다는 인사를 했다.

두 사람은 다음 모퉁이에서 전차를 탔다.

사람으로 가득 찬 전차는 종소리를 울리면서 거리를 달렸다. 잠시 후 전차는 가로수가 늘어서 있는 큰길 옆의 공원에 도착했다. 그곳에서는 분수가 물을 뿜어내고 있었고, 울타리가 쳐진 꽃밭에는 꽃이 가득 피어 있었으며, 조그만 연못에서는 금붕어가 헤엄치고 있었다.

한스와 숙모는 산책하는 사람들 사이에 섞여 이리저리 거닐었다. 수많은 사람들, 화려한 옷차림, 자전거와 유모차 등이 눈에 띄었다. 그리고 시끄러운 소리가 끊이지 않았고, 먼지 섞인 후텁지근한 공기가 가득했다.

두 사람은 다른 사람들처럼 벤치에 나란히 앉았다. 쉬지 않고 이야기를 하던 숙모가 깊은 숨을 내쉬더니 한스에게 초콜릿을 먹으라고 권했다. 그가 먹고 싶지 않아서 머뭇거리고 있었더니, 숙모가 말했다.

"사양하지 마라. 어서 먹으렴."

한스는 초콜릿을 꺼내 만지작거리다가 마

지못해 한입 베어 물었다. 숙모에게 초콜릿을 먹고 싶지 않다고 말할 수는 없었다. 그때 숙모가 사람들 틈에서 아는 사람을 발견하더니, 서둘러 뛰어가면서 말했다.

"금방 돌아올 테니 잠시만 기다리렴."

한스는 이때다 싶어서 초콜릿을 잔디밭 저편으로 던져 버렸다. 그리고 박자에 맞추어 다리를 흔들면서 사람들을 바라보았다. 그런데 문득 불안한 마음이 들었다. 그동안 공부했던 단어들이 하나도 생각나지 않았다. 다음 날 시험을 봐야 하는데 말이다.

숙모가 돌아왔다. 그녀는 올해 주 시험에 응시할 수험생이 118명이라는 소식을 전해 주었다. 그들 가운데 36명만이 합격의 영광을 누릴 것이었다. 이 소식을 들은 한스는 기가 죽어, 숙모 집으로 돌아오는 동안 한 마디도 하지 않았다. 한스는 숙모 집에 돌아오자, 머리가 아프기 시작했다. 그가 아무것도 먹지 않고 풀이 죽어 있자, 아버지가 꾸중을 했고 숙모는 위로와 격려를 해 주었다.

한스는 밤에 잠을 자면서 무서운 꿈에 시달렸다. 꿈속에서 그는 117명의 수험생과 함께 시험장에 앉아 있었다. 시험 감독관은 마을 목사를 닮았으며 숙모와도 닮은 듯했다. 그는 산더미처럼 쌓인 초콜릿을 먹으라고 했다. 한스가 눈물을 흘리면서 초콜릿을 먹는 동안 다른 수험생들은 차례로 일어나 밖으로 나갔다. 모두가 주어진 초콜릿을 다 먹어 치웠지만, 한스의 앞에 놓인 초콜릿 더미는 자꾸 커져만 갔다. 마침내 책상과 의자 위까지 넘친 초콜릿 더미가 한스를 덮쳐 버릴 것 같았다.

다음 날 아침, 한스는 시험 시간에 늦지 않기 위해 시계를 자주 쳐다보았다. 같은 시간 고향 마을에서는 많은 사람들이 한스를 생각하고 있었다. 구둣방의 플라이크 아저씨는 아침 식사를 하기 위해 가족과 직공들이 모여 앉은 식탁에서 다음과 같이 기도했다.

“주여! 오늘 시험을 치르는 한스 기벤라트를 보살펴 주소서. 그에게 힘을 주시고 축복해 주소서. 주의 거룩함을 널리 알리는 올바른 사람이 되게 하소서!”

마을 목사는 한스를 위해 따로 기도를 하지는 않고, 아내에게 이렇게 말했다.

“마침내 한스 기벤라트가 시험을 치르는 날이군. 그 아이는 틀림없이 훌륭한 인물이 될 거야. 그렇게 되면 내가 그 아이에게 라틴어를 가르쳐 준 것이 보람찬 일이 되겠지.”

그리고 담임 선생님은 수업 시작 전에 학생들에게 말했다.

“지금쯤 슈투트가르트에서는 주 시험이 치러지고 있을 게다. 우리 모두 한스의 행운을 빌어 주자꾸나. 하긴 행운까지 필요하지는 않겠지. 한스는 너희 같은 게으른 놈들 열 명을 합쳐도 못 당할 만큼 충분히 똑똑한 아이니까.”

대부분의 학생들은 자리를 비운 한스를 생각하고 있었다. 그의 합격 여부에 내기를 건 학생들은 더욱 그랬다. 진심 어린 격려는 먼 거리를 넘어 전해지기도 하는지, 한스는 고향 사람들의 따뜻한 기도를 마음 깊이 느끼고 있었다. 한스는 두근거리는 가슴을 안고 아버지를 따라 시험장에서 두려움에 떨고 있자니 마치 죄인 같은 기분이 들었다.

시험 감독관이 들어와 학생들에게 조용히 하라고 말했다. 감독관이 라틴어 문장을 받아쓰도록 했을 때, 비로소 한스는 안도의 숨을 내쉬었다. 시험문제가 무척 쉬웠기 때문이다. 그는 가벼운 마음으로 답을 써 나갔다. 그는 수험생 중에서 가장 먼저 답안지를 제출했다.

한스는 시험장을 나와 숙모 집으로 가다가 길을 잃고 말았다. 그런데 무더운 거리를 두 시간이나 헤맸지만 기분이 나쁘지는 않았다. 오히려 아버지와 숙모로부터 떨어져 혼자 있다는 것이 유쾌하기까지 했다. 대도시의 시끄러운 거리를 헤매노라니 마치 자신이 모험가가 된 듯한 기분이 들었다. 여러 차례 길을 물은 끝에 겨우 숙모 집으로 돌아오자, 질문들이 이어졌다.

"시험은 어땠니? 잘 봤겠지?"

"쉬웠어요. 그 정도는 5학년 때도 풀 수 있는 수준이었어요."

한스는 자랑스럽게 대답하고는 배가 몹시 고팠던 터라 많은 음식을 허겁지겁 먹어 치웠다.

한가해진 오후에 아버지는 한스를 데리고 여러 친척들과 친구들을 만나러 다녔다. 그중 한 곳에서 한스는 검은색 옷을 입은 조용한 소년을 만났다. 그 소년 역시 주 시험을 치르기 위해 괴팅겐에서 왔다고 했다. 한스와 그 소년은 서먹하면서도 서로에게 호기심을 느꼈다. 한스가 그에게 물었다.

"라틴어 문제는 어땠니? 쉽지 않았어? 그렇지?"

"응, 아주 쉬웠어. 하지만 그 점이 문제야. 쉬운 문제일수록 틀리기도 쉽지. 분명히 함정이 있었을 거야."

"그럴까?"

"물론이지. 시험문제 내는 사람들이 그렇게 멍청하겠어?"

한스는 약간 놀라서 잠시 생각을 하다가 조심스럽게 물었다.

"너 혹시 시험문제 가지고 있니?"

그러자 그 소년이 공책을 가지고 왔다. 그들은 한 단어도 빠뜨리지 않고 검토를 했다. 괴팅겐에서 온 그 소년은 라틴어 실력이 뛰어나 보였다. 그는 한스가 들어 보지 못한 문법 용어를 두 번이나 사용했다. 그 소년이 물었다.

"내일 시험 보는 과목이 뭐지?"

"그리스어와 독일어 작문이야."

괴팅겐의 소년은 한스네 학교에서 몇 명의 학생이 시험을 치르러 왔는지를 물었다. 한스가 대답했다.

"나 혼자 왔어."

"그래? 괴팅겐에서는 열두 명이나 왔어. 그들 중 세 명은 무척 뛰어난 애들이지. 모두가 그 아이들에게 큰 기대를 걸고 있어. 작년에도 괴팅겐에서 1등이 나왔거든. 넌 시험에 떨어지면 고등학교에 진학할 거니?"

한스는 지금까지 그 문제에 대해서는 생각해 본 적이 없었다. 한스가 대답했다.

"잘 모르겠어. 아니, 아마 그렇게 하지는 않을 거야."

"그렇구나. 나는 시험에 떨어져도 계속 공부를 하게 될 거야. 어머니가 울름으로 보내주신다고 했어."

그 소년의 말을 듣고 한스는 주눅이 들었다. 매우 똑똑한 세 명이 포함된 괴팅겐의 학생들 열두 명이 그를 불안하게 했다. 한스는 시험에 합격하리라는 자신감이 사라져 버렸다.

숙모 집으로 돌아온 한스는 책상에 앉아 'mi'로 끝나는 동사를 다시 한 번 훑어보았다. 그는 라틴어에는 자신이 있었으나 그리스어는 그렇지 않았다. 그리스어를 좋아하기는 했지만, 그것은 그리스어로 된 책을 읽기 위해서일 뿐이었다. 특히 크세노폰(고대 그리스의 군인이자 작가)의 작품은 큰 감동을 주었는데, 밝고 힘찼으며 유쾌한 자유정신이 담겨 있었기 때문이다. 하지만 그리스어 문법을 공부할 때나 독일어를 그리스어로 번역해야 할 때면, 서로 다른 문법 때문에 혼란스러웠다. 그럴 때면 그리스어를 처음 배울 때처럼 두려움을 느꼈다.

다음 날에는 정해진 순서대로 그리스어와 독일어 작문 시험이 치러졌다. 그리스어 문제는 무척 길었으며 쉽지도 않았다. 독일어 작문 역시 까다로운 주제가 제시된 데다가, 문제를 제대로 이해하는 것도 쉽지 않았다.

오전 10시 무렵부터 시험장은 찌는 듯이 더워졌다. 한스는 펜이 좋지 않아서 그리스어 답안을 적을 때 답안지를 두 장이나 버렸다. 그리고 옆에 앉은 뻔뻔한 학생 때문에 난처하기도 했다. 그 학생은 답을 가르쳐 달라고 한스의 옆구리를 찔러 댔다. 하지만 옆자리의 수험생과 이야기하는 것은 금지되어 있었고, 그 규칙을 어길 경우 시험장에서 즉시 쫓겨나게 되어 있었다. 그래서 한스는 종이쪽지에 방해하지 말라는 글을 적어 그 학생에게 건네고는 등을 돌려 버렸다.

날씨는 점점 더워졌다. 시험 감독관은 쉬지 않고 교실을 돌아다니면서 손수건을 꺼내 자주 땀을 닦았다. 한스는 종교의식 때 입는 두꺼운 옷을 입고 있었기 때문에 땀이 줄줄 흐르고 머리까지 아팠다. 그는 엉망이 된 기분으로 답안지를 제출했다. 시험을 망쳤다는 생각이

들었기 때문이다.

숙모 집에 돌아온 한스는 식사 시간 동안 한마디도 하지 않았다. 묻는 말에도 대답하지 않고, 어깨를 움츠리며 죄지은 듯한 표정만 지었다. 아버지는 한스를 옆방으로 데리고 가서 다시 자세하게 물었다. 한스가 대답했다.

"시험을 잘 보지 못했어요."

"신중했어야지. 정신을 바짝 차리라고 했잖니. 한심한 놈!"

아버지가 언짢아하면서 화를 내자, 잠자코 있던 한스는 얼굴이 벌겋게 달아오른 채 대꾸했다.

"아버지는 그리스어를 전혀 모르시잖아요!"

한스는 오후 2시에 시작되는 구술시험이 제일 싫었다. 그가 가장 두려워하는 시험이 바로 구술시험이었다. 그는 무더운 거리를 비참한 기분으로 걸어갔다. 고통과 불안, 현기증 때문에 눈조차 제대로 뜨기 어려웠다. 한스는 크고 파란 책상 앞에 앉은 세 명의 시험관 앞에서, 10분 동안 두세 개의 라틴어 문장을 해석하고 그들의 질문에 대답했다. 다음 10분 동안은 세 명의 다른 시험관 앞에서 그리스어 문장을 해석하고 질문에 대답했다. 그러나 그는 마지막 질문인 불규칙 과거형에 대해서는 대답하지 못했다. 한 시험관이 말했다.

"가도 좋아요. 저기 오른쪽 문으로 나가세요."

한스는 문을 향해 걸어가다가 그 불규칙 과거형이 생각나서 걸음을 멈추었다. 그러자 시험관이 다시 외쳤다.

"나가세요. 어디 불편한 데라도 있어요?"

"아닙니다. 그 불규칙 과거형이 생각나서요."

한스는 큰 소리로 그 불규칙 과거형을 말했다 그리고 시험관 중 한 명이 웃는 모습을 보았다. 한스는 뜨겁게 달아오른 머리를 감싸 쥐고 밖으로 뛰쳐나왔다. 한스는 구술시험에서 시험관들이 한 질문과 자신의 대답을 떠올려 보려 했으나 머릿속이 온통 뒤죽박죽이었다. 파란색의 커다란 책상, 엄숙한 표정을 한 세 명의 시험관, 책상 위에 펼쳐진 책, 그 책 위에 올려놓은 자신의 떨리던 손만이 아른거릴 뿐이었다. 한스는 생각했다.

"맙소사! 내가 도대체 무슨 대답을 했던 거지?"

한스는 거리를 걸었다. 그곳에 온 지 벌써 몇 주일이 지난 것만 같았다. 고향집의 정원과 푸른 전나무 숲, 강가의 낚시터 등이 아주 멀리 떨어져 있어서 오랫동안 보지 못한 듯했다. 한스는 오늘이라도 당장 고향 마을로 돌아가고 싶었다. 한스가 숙모 집으로 돌아오니 모두가 그를 걱정하고 있었다. 그들은 몹시 지친 한스에게 달걀 수프를 먹인 후 잠자리에 들도록 했다. 다음 날은 수학과 종교 시험을 치러야 했고, 그런 뒤에는 집으로 돌아갈 수 있었다.

다음 날 치러진 시험은 아주 쉬웠다. 한스는 어제의 중요한 시험을 망치고 오늘은 문제를 잘 푼다는 사실이 의아하게 여겨졌다. 어쨌든 이제 집으로 돌아갈 수 있게 되어 기뻤다. 한스는 말했다.

"시험이 모두 끝났어요. 이제 집으로 가도 되나요?"

그런데 아버지는 그곳에 하루 더 머물고 싶다면서 칸슈타트의 온천 공원에 가서 커피를 마시자고 했다. 그러나 한스가 혼자라도 돌아가게 해 달라고 하자, 아버지는 할 수 없이 허락했다.

기차역까지 숙모의 배웅을 받은 한스는 기차에 올라 아무 생각 없이 푸른 언덕 지대를 지났다. 검푸른 전나무 숲이 보이자, 비로소 그는 구원을 받은 듯한 기분이 들었다. 다행스럽게도 고향 마을의 기차역에는 아는 얼굴이 보이지 않았다. 한스는 아무도 모르게 집으로 돌아갔다. 집에 들어서자 집안일을 해 주는 안나 아주머니가 물었다.

"슈투트가르트에서는 즐거웠니?"

"즐거웠냐고요? 시험 치르는 게 어떻게 즐거울 수 있겠어요? 이렇게 돌아온 게 기쁠 따름이죠. 아버지는 내일 오실 거예요."

한스는 갓 짠 우유를 한 컵 마신 뒤, 창가에 걸려 있던 수영복을 들고 밖으로 나갔다. 하지만 많은 사람들이 수영을 즐기는 풀밭 쪽 강가로는 가지 않았다.

한스는 마을에서 멀리 떨어진 곳으로 향했다. 그곳은 우거진 덤불 사이로 깊은 강물이 천천히 흐르는 곳이었다. 그는 수영복으로 갈아입고 차가운 물속에 조심스럽게 손과 발을 담갔다. 그런 다음 조금 춥기는 했지만 강물 속으로 풍덩 몸을 던졌다. 한스는 물살을 거슬러 천천히 헤엄을 쳤다. 며칠 동안의 찌든 땀과 불안이 말끔히 씻겨 내려가는 듯했다. 그의 연약한 몸이 흐르는 강물에 씻기는 동안, 그의 마음속에서는 고향을 되찾은 듯한 기쁨이 솟아났다.

한스는 중간중간 쉬면서 계속 헤엄쳐 나갔다. 그는 상쾌한 차가움과 나른한 피곤함을 즐겼다. 그는 강물 위에 누운 자세로 물살을 따라 흘러가기도 했다. 원을 그리며 날고 있는 하루살이 떼와 하늘을 가로질러 빠르게 날아가는 제비들을 보았다. 하늘은 이미 노을빛으로 물들고 있었다.

한스는 물에서 나와 옷을 갈아입고 꿈 같은 기분으로 집을 향해 걸었다. 골짜기에는 어느덧 어둠이 내려앉고 있었다. 한스는 장사꾼인 자크만의 정원을 지나쳤다. 그곳은 아주 어렸을 때 마을 아이들과 함께 설익은 살구를 몰래 따던 곳이었다. 한스는 흰 전나무 목재가 여기저기 쌓여 있는 키르히너 목재소도 지나쳤다. 예전에 낚시를 할 때 그곳의 목재 더미 아래에서 미끼로 쓸 지렁이를 찾곤 했었다.

검사관 게슬러 씨의 집 앞도 지나갔다. 2년 전, 한스는 스케이트를 탈 때 게슬러 씨의 딸 엠마와 친해지고 싶어서 마음 졸이기도 했었다. 한스와 같은 또래인 엠마는 마을의 여학생들 중에서 제일 예쁘고 우아했다. 그 무렵 한스의 가장 큰 바람은 그 아이와 이야기를 나누거나 손을 잡아 보는 것이었다. 그러나 한스가 매우 수줍어했기 때문에 그 바람은 이루어지지 못했다. 그 후에 엠마는 기숙사가 있는 학교로 떠났다. 이제는 그녀의 얼굴 생김새조차 가물가물했다.

어릴 적 추억들이 그 순간 한스의 머릿속에 다시 떠올랐다. 그 추억은 나중에 겪은 다른 경험들보다 강렬한 느낌으로 가슴을 설레게 했으며 묘한 향기를 머금고 있었다. 어린 시절 한스는 저녁이면 나숄트 집안의 리제와 함께 그 집의 문간에 앉아 감자 껍질을 벗기면서, 그녀에게서 이런저런 이야기를 듣곤 했다. 그리고 일요일 아침이면 강둑 아래에서 가재를 잡다가 나들이옷을 더럽혀 아버지한테 매를 맞기도 했다. 그 시절에는 이상한 일이나 사람들이 많았다. 한스는 그때의 일들을 오랫동안 잊고 있었다. 목이 구부러진 구둣방 아저씨 슈트로마이어는 사람들로부터 아내를 독살했다는 의심을 받았다. 그리고 방랑자 베크 씨는 지팡이를 짚은 채 여러 마을을 떠돌아다녔다. 사람들은 그의 이름을 부를 때 반드시 '씨' 자를 붙였다. 그가 한때 마차와 네 마리의 말을 가진 부자였기 때문이다.

지금 한스는 그 사람들의 이름만을 겨우 기억하고 있을 뿐이다. 그 시절의 어둡고 좁은 골목길의 세계가 그로부터 멀리 떠나 버린 듯했다. 그 후로 그에게 생동감 넘치는 경험은 더 이상 없었다.

한스는 다음 날도 쉴 수 있었다. 그래서 늦

잠을 자면서 자유로움을 즐겼다. 점심때는 기차역으로 아버지를 마중 나갔다. 아버지는 슈투트가르트에서 보낸 즐거운 시간 덕분에 매우 행복해 보였다. 아버지는 유쾌한 목소리로 말했다.

"네가 시험에 합격하게 되면 무슨 소원이라도 들어주겠다. 원하는 게 무엇인지 잘 생각해 보렴."

"아니에요. 떨어질 게 뻔해요."

"바보 같은 소리! 내 마음이 변하기 전에 원하는 것을 말해 두는 게 좋을 거다."

"방학 때 낚시를 하고 싶어요. 그래도 되나요?"

"물론이다. 시험에 합격하기만 한다면 말이지."

일요일인 다음 날에는 비가 억수같이 쏟아졌다. 한스는 자기 방에 틀어박혀 몇 시간이고 책을 읽으며 생각에 잠겼다. 그리고 슈투트가르트에서 치른 시험문제를 꼼꼼히 검토하면서 실수한 부분을 찾아내고, 시험을 더 잘 볼 수도 있었을 거라고 생각했다. 한스는 시험에 합격하지 못할 거라는 불안감과 답답함 때문에 아버지에게로 달려갔다. 한스가 말했다.

"아버지!"

"왜 그러니?"

"여쭈어 볼 게 있어요. 아까 말한 소원 말이에요. 낚시는 그만두는 게 좋겠어요."

"뭐? 왜 그 얘기를 또 꺼내는 거니?"

"제가 여쭈어 보고 싶은 것은 다름이 아니라."

"어서 말해 보렴. 속 시원하게 말해 봐. 그래, 무슨 일이냐?"

"제가 만약 시험에 떨어지면 고등학교에 다닐 수 있나 해서요."

아버지는 이 말을 듣고 어이없다는 듯이 말했다.

"뭐라고? 고등학교? 네가 고등학교에 가겠다고? 누가 그따위 말을 너에게 해 주었니, 응?"

"누가 말해 준 게 아니라, 제가 그렇게 생각한 것뿐이에요."

아버지는 한스가 시험 결과에 대해 두려워하고 있는 것을 눈치채지 못했다. 아버지가 말했다.

"그만 가 보아라. 어서 가 봐! 뭐, 고등학교에 가겠다고? 내가 돈 많은 사업가라도 되는 줄 아는 거냐?"

한스는 체념을 하고 힘없이 아버지의 방에서 나왔다. 아버지는 한스의 등에다 대고 소리를 질렀다.

"어리석은 놈! 말이 되는 소리를 해야지. 고등학교에 가겠다니. 어림없는 소리!"

한스는 자기 방의 창가에 앉아 약 30분 동안 깨끗하게 닦여 있는 마룻바닥을 내려다보았다. 그러면서 신학교에도, 고등학교에도 다니지 못하게 된다면 어떻게 될 것인지를 생각했다. 아마 치즈 가게나 사무실의 수습생으로 일하게 될 것이다. 그가 지금까지 무시해 왔던 평범한 사람으로 살아가게 되는 것이다. 귀엽고 총명한 한스의 얼굴은 절망과 괴로움으로 일그러졌다. 그는 벌떡 일어나 침을 뱉고는 라틴어책을 들어 벽 쪽으로 힘껏 내던졌다. 그러고는 비가 쏟아지는 바깥으로 뛰쳐나갔다. 한스는 일요일 아침에 학교로 갔다. 교장 선생님이 한스에게 손을 내밀며 물었다.

"잘 있었니, 한스야? 나는 네가 어제 나를 찾아올 거라고 생각했었다. 그래, 시험은 잘 보았니?"

한스는 고개를 떨구었다. 그러자 교장 선생님이 다시 물었다.

"왜 그래? 시험을 잘 못 본 거 같니?"

"그런 것 같아요."

"그래도 기다려 보자꾸나. 아마 오늘 오전 중으로 슈투트가르트에서 연락이 올 거다."

오전 시간은 길고도 길었으며, 슈투트가르트에서는 아무런 소식도 오지 않았다. 한스는 울음이 터질 것 같아서 점심 식사를 제대로 하지 못했다. 오후 2시가 되어 교실로 갔더니 담임 선생님이 와 있었다. 선생님이 큰 소리로 불렀다.

"한스 기벤라트!"

한스가 앞으로 나가자 선생님이 그에게 손을 내밀며 말했다.

"축하한다, 기벤라트! 네가 주 시험에 2등으로 합격했단다."

교실은 조용했지만 축하의 분위기가 느껴졌다. 그때 문이 열리고 교장 선생님이 들어오더니 한스에게 말했다.

"축하한다. 소감이 어떤지 말해 보렴."

한스는 기쁘고 놀라워서 어쩔 줄을 몰랐다.

그러자 교장 선생님이 다시 재촉했다.

"무슨 말이든 좀 해 보라니까?"

한스는 자기도 모르게 이렇게 말했다.

"그것만 알았더라면 1등도 할 수 있었을 거예요."

"자, 어서 집에 가 보아라. 아버지께 이 소식을 알려 드려야지. 이제부터 학교에 나오지 않아도 된다. 어차피 일주일 후면 방학이 시작되니까."

교장 선생님의 말씀을 들은 후, 한스는 어지럼증을 느끼면서 거리로 나왔다. 길가의 보리수나무와 햇살이 가득한 시장 광장이 눈에 들어왔다. 예전과 다름없는 모습들이었지만, 왠지 더욱 아름답고 의미 있게 보였다. 시험에 합격한 것이다. 그것도 2등으로 말이다. 처음의 벅찬 기쁨이 가라앉고 감사의 마음이 가득 차올랐다. 이제 마을 목사를 피하지 않아도 되고, 공부를 계속할 수 있게 된 것이다. 그리고 치즈 가게나 사무실에서 일할 걱정은 하지 않아도 되었고, 다시 낚시를 하러 갈 수도 있었다. 한스가 집에 돌아오자 아버지가 현관에 서 있다가 물었다.

"무슨 소식이 있었니?"

"별거 아니에요. 이제부터 학교에 가지 않아도 돼요."

"뭐, 왜?"

"저는 이제 신학교 학생이니까요."

"오, 결국 시험에 합격했구나!"

한스는 고개를 끄덕였다. 아버지가 물었다.

"성적은 어떻게 나왔니?"

"2등이래요."

그것은 아버지도 전혀 예상하지 못한 결과였다. 아버지는 말을 잇지 못한 채 한스의 어깨를 다독거렸다. 그러고는 웃음을 터뜨리더니 고개를 흔들며 말했다.

"이럴 수가! 장하구나. 정말 장해."

한스는 집 안으로 들어가, 계단을 올라간 후 다락방의 문을 열었다. 그러고는 상자와 실을 감은 뭉치, 코르크 등 자신의 낚시 도구를 꺼냈다. 이제 낚싯대만 있으면 되었다. 한스는 아버지에게로 달려가서 물었다.

"아버지, 칼 좀 빌려 주시겠어요?"

"칼은 왜?"

"나뭇가지를 다듬어서 낚싯대를 만들려고요."

그러자 아버지는 환하게 웃는 얼굴로 주머니에서 뭔가를 꺼내면서 말했다.

"자, 2마르크다. 이 돈으로 칼을 사려무나. 한프리트 씨에게 가지 말고 길 건너 대장간에서 사라."

한스는 곧장 대장간으로 달려갔다. 대장간 아저씨도 시험 결과에 대해 물었다. 아저씨는 합격 소식을 듣더니 특별히 좋은 칼을 꺼내 주었다. 브뤼엘 다리의 아래쪽 강가에는 멋진 오리나무와 개암나무가 우거져 있었다. 한스는 그곳에서 한참을 고른 끝에 흠집이 없고 탄력 있는 나뭇가지를 잘라 서둘러 집으로 돌아왔다. 한스는 발그레해진 얼굴로 눈을 반짝이며 낚싯대를 다듬었다. 그 일은 낚시질 못지않은 즐거움을 주었다. 그는 밤까지 그 일에 열중했다. 그리고 흰색과 갈색, 녹색의 실을 골라 헝클어진 부분을 가지런히 했고, 여러 모양의 코르크와 찌를 손봤으며, 납덩이들을 둥글게 만들었다. 보관해 둔 서너 개의 낚싯바늘은 네 겹의 검은색 실과 말총을 꼬아 만든 끈에 단단히 동여맸다. 밤이 늦어서야 모든 일이 끝났다. 이제 한스는 7주 동안의 긴 방학을 지루하지 않게 보낼 수 있게 되었다. 그는 낚싯대만 있으면 강가에 앉아 즐겁게 하루를 보낼 수 있기 때문이었다.

제2장

여름방학! 산 위의 하늘은 너무나 푸르렀다. 무더운 날이 몇 주씩 이어지는 가운데 가끔씩 소나기가 쏟아졌다. 강물은 바위틈과 전나무 숲, 그리고 좁은 골짜기를 따라 흘렀다. 강물은 무척 따뜻해서 저녁 무렵에도 목욕을 할 수 있을 정도였다.

마을 주변에는 건초 냄새가 가득했고, 밀밭은 금빛으로 변해 갔다. 숲의 가장자리에는 솜털이 난 노란 꽃들이 줄지어 피어 있었다. 부처꽃과 분홍바늘꽃은 가느다란 줄기 위에서 흔들리며 골짜기를 온통 보랏빛으로 물들였다. 그 주변에는 빨간 파리잡이버섯, 넓적한 우산버섯, 붉은 가지가 촘촘하게 나 있는 싸리버섯 등 갖가지 버섯들이 돋아 있었다. 그리고 진노랑색의 금작화와 옅은 자줏빛의 석남화는 무성한 잡초와 어우러져 있었다. 잎이 넓은 활엽 나무숲에서는 방울새들이 쉼 없이 지저귀고, 갈색 다람쥐들이 나뭇가지를 오르내렸다. 초록 도마뱀들은 따뜻한 햇볕 아래에서 눈을 깜박이고 있었고, 매미들의 드높은 울음소리는 풀밭 너머로 멀리 울려 퍼졌다. 이 무렵의 마을은 시골 분위기를 물씬 풍겼다. 마른 풀을 가득 실은 마차에서 나는 풀 냄새와 낫을 가는 소리가 주변에 가득했다. 만약 두 개의 공장 건물이 없었다면 완전히 시골처럼 느껴졌을 것이다.

방학 첫날 아침, 한스는 안나 아주머니가 일어나기도 전에 부엌으로 가서 조급한 마음으로 커피를 기다렸다. 그는 불 지피는 일을 도운 뒤, 신선한 우유를 넣은 커피를 서둘러 마셨다. 그런 다음 주머니에 빵을 넣고 밖으로 뛰어나갔다. 한스는 철길 옆에서 양철 깡통을 꺼내 메뚜기를 잡기 시작했다. 그때 기차가 지나갔는데, 철길이 가파른 탓에 기차는 천천히 움직였다. 기차의 창문은 활짝 열려 있었고, 승객들은 몇 명 되지 않았다. 기차는 하얀 연기를 뿜으면서 달려갔고, 솟아오른 연기는 맑은 아침 하늘로 사라져 갔다. 잃어버린 아름다운 시간을 찾아 다시 한 번 어린 시절로 되돌아가려는 듯이!

한스는 낚싯대와 메뚜기가 담긴 깡통을 손에 든 채 다리를 건너고 풀밭을 지났다. 그는 말을 씻기는 웅덩이가 있는 깊은 강 쪽으로 향하면서 낚시질의 즐거움에 대한 기대로 가슴이 두근거렸다. 그가 가고 있는 곳은 버드나무에 기대어 편안하게 낚시질을 할 수 있는 장소였다. 한스는 낚싯줄을 풀어 작은 납덩이를 매단 뒤, 낚싯바늘에 메뚜기를 꽂아 강 가운데로 힘껏 던졌다. 오래전부터 즐겨 온 놀이를 다시 시작한 것이다. 작은 붕어들이 미끼를 먹으려 몰려드는 바람에 미끼는 금방 없어졌다. 두 번째 메뚜기가 낚싯바늘에 꽂혔다. 잠시 후에 네 번째, 다섯 번째 메뚜기도 낚싯바늘에 꽂혀 미끼가 되었다. 한스는 낚싯줄을 무겁게 하기 위해 납덩이를 하나 더 매달았다. 그러자 제법 큰 물고기가 밑밥을 건드렸다. 그 물고기는 미끼를 살짝 물었다가 놓더니 다시 덥석 물었다. 노련한 낚시꾼은 낚싯대를 통해 전해지는 물고기의 움직임을 느낄 수 있는 법이다.

한스는 낚싯줄을 한 번 세게 잡아챈 뒤에 다시 천천히 당겼다. 마침내 물고기가 모습을 드러냈다. 황어였다. 엷은 황색으로 반짝이는 세모난 머리와 아름다운 살색 배지느러미! 무게는 얼마나 될까? 그러나 짐작도 하기 전에 물고기는 있는 힘껏 몸을 퍼덕거리더니 도망쳐 버렸다. 한스는 물속에서 서너 차례 원을 그린 뒤 사라져 가는 물고기를 물끄러미 바라보았다. 그 물고기가 미끼를 제대로 물지 않았던 모양이다.

한스는 차츰 낚시질의 흥분 속으로 빠져 들었다. 그는 물에 잠긴 갈색의 낚싯줄을 집중해서 지켜보았다. 그의 얼굴은 발그레하게 달아올랐으며 행동은 재빠르고 정확했다. 두 번째로, 황어가 미끼를 물었다. 그다음은 실망스럽게도 작은 잉어였다. 이어 세 마리의 망둥이가 잡혔는데, 망둥이는 아버지가 좋아하는 물고기여서, 한스는 기분이 좋았다. 망둥이는 뭉툭한 머리에 흰 수염이 달려 있고 작은 눈에 길쭉한 몸뚱이를 하고 있으며, 물속에서는 초록색과 갈색을 섞어 놓은 색깔을 띠다가 물 밖으로 나오면 짙은 갈색으로 변했다. 해는 점점 높이 솟아올랐다. 강둑의 위쪽에서 물거품이 눈처럼 하얗게 빛났고, 강물 위로는 살랑거리는 바람이 스쳐 지나갔다. 하늘에는 조각구름이 떠 있고, 날씨는 무더웠다. 한스는 낚시질에 점점 싫증이 났다. 조금 피곤하기도 했다. 더욱이 한낮에는 고기가 잘 낚이지 않았다. 이때쯤이면 커다란 황어들은 햇볕을 쬐기 위해 수면 위로 올라와, 무리를 지어 느릿느릿 강물을 거슬러 올라간다. 그러다가 가끔씩 화들짝 놀라곤 하는데, 어쨌든 이럴 때면 전혀 미끼를 물려고 하지 않았다.

한스는 땅바닥에 앉아 낚싯줄을 강물에 드리운 채 푸른 강물을 바라보았다. 물고기 떼가 거무스레한 등을 보이며 헤엄치고 있었다. 물고기들도 따뜻한 날씨 덕분에 기분이 좋은 듯했다. 한스는 신발을 벗고 물속에 발을 담갔다. 물은 따뜻했다. 그는 잡은 물고기들을 살펴보았다. 그것들은 물통 속에서 얌전히 있다가 가끔씩 파닥거렸는데, 무척 아름다웠다. 비늘과 지느러미는 흰색과 갈색, 녹색과 은색, 엷은 금색과 푸른색, 그 밖의 갖가지 색깔들로 빛났다. 주위는 고요했다. 다리 위를 지나는 자동차 소리와 덜컹거리며 도는 물레방아 소리도 희미하게 들릴 뿐이었다. 뗏목에 부딪히는 물결 소리 역시 잔잔하게 들려왔다. 한스는 졸음에 겨운 따뜻한 시간 속에서, 그리스어와 라틴어, 문법과 수학 등을 공부하느라 쫓기듯이 살아온 1년을 생각해 보았다. 머리가 약간 아팠지만 평소에 비해서는 가벼운 정도였다. 한스는 강둑 아래에서 물거품이 이는 것을 보다가 낚싯대 쪽으로 눈길을 돌렸다. 옆에 놓인 물통 속에서는 물고기들이 헤엄치고 있었다. 정말 기분 좋은 시간이었다.

한 번씩 주 시험에 합격한 사실이 떠오르곤 했다. 더욱이 2등으로 합격하지 않았는가! 한스는 바지 주머니에 두 손을 찔러 넣고는 맨발로 돌장구를 치며 휘파람을 불었다. 사실 그는 휘파람을 잘 불지 못해서 친구들로부터 놀림을 당하기도 했다. 하지만 지금은 듣는 사람이 아무도 없으니 혼자 즐거울 따름이었다.

같은 시간 친구들은 교실에 앉아 지리 수업을 받고 있었을 것이다. 한스 혼자만이 자유시간을 보내고 있었다. 한스는 모든 아이들을 앞질렀으며, 그들은 이제 그의 발아래에 있는 것이다. 예전에 한스는 친구들의 놀림감이었다. 아우구스트 외에는 친한 친구도 없었고, 친구들의 장난이나 놀이에도 흥미를 느끼지 못했다. 그들은 이제 한스를 부러운 눈으로 쳐다보게 되었다. 한스는 휘파람을 멈추고 그들을 경멸하듯이 입을 비쭉거렸다. 낚싯줄을 당기던 한스는 갑자기 웃음을 터뜨렸다. 미끼가 모두 없어져 버린 것이다. 그는 깡통 속에 남아 있던 메뚜기들을 놓아주었다. 메뚜기들은 비틀거리며 풀밭으로 숨어들었다. 가까이에 있는 가죽 공장에서는 일꾼들이 점심시간의 휴식을 즐기고 있었다. 한스도 식사를 하러 가야 했다. 한스는 점심 식사를 하러 가야 했다. 한스는 점심 식사를 하는 동안 거의 말이 없었다. 아버지가 한스에게 물었다.

"많이 잡았니?"

"다섯 마리 잡았어요."

"그래? 어미 물고기는 잡지 마라. 그렇지 않으면 나중에는 새끼 물고기를 볼 수 없게 될 거야."

대화는 이것이 전부였다. 몹시 더운 날이었다. 한스는 점심 식사 후 곧장 물속에 들어가지 못하는 것이 아쉬웠다. 왜 그러면 안 되는 것일까? 몸에 해롭다는 게 맞는 말일까? 그래서는 안 된다고들 하지만, 한스는 종종 식사 후 강물에 들어가곤 했다. 그러나 한스는 지금도 그런 행동을 하기에는 너무 성숙해 있었다. 주 시험을 보던 날, 시험 감독관들이 놀랍게도 그의 이름 뒤에 '씨' 자를 붙여 불렀다.

정원의 전나무 아래에서 한 시간 정도 누워 있는 것도 그런대로 괜찮았다. 한스는 책을 읽거나 날아다니는 나비를 보면서 오후 2시까지 그곳에 머물렀다. 그러다가 하마터면 잠이 들 뻔했다. 이제 수영을 하러 갈 차례였다. 수영장 주변의 풀밭에는 어린아이들 서너 명이 있을 뿐이었다. 더 큰 아이들은 모두 학교에 있을 시간이었기 때문이다. 그 점이 한스를 즐겁게 했다. 그는 천천히 물속으로 들어갔다. 물장구를 치며 헤엄을 치다가 잠수를 하기도 했다. 그러다가 강가에 드러누워 햇볕을 쬐며 시원함과 따뜻함을 번갈아 즐겼다. 어린아이들이 존경의 눈빛을 띠고 한스의 옆으로 다가왔다. 한스는 이미 유명해져 있었다. 그는 외모부터 다른 아이들과 달랐다. 햇볕에 그을린 가느다란 목 위의 머리는 품위 있고 우아했다. 그리고 지적인 얼굴과 눈동자는 총명해 보였다. 팔다리는 가늘고 연약했으며, 등과 가슴에서는 갈비뼈의 수를 셀 수 있을 정도였고, 종아리도 깡말라 있었다. 한스는 오후 내내 강물과 햇볕 사이를 오가며 시간을 보냈다. 오후 4시가 지나자, 친구들이 왁자지껄 떠들면서 그에게로 급히 달려왔다. 한 친구가 말했다.

"야, 기벤라트! 너는 좋겠다."

한스는 기분 좋게 기지개를 켜며 말했다.

"응, 나쁘지 않아."

"신학교에는 언제 가게 되니?

"9월에 갈 거야. 지금은 방학 중이거든."

모두들 부러워하는 가운데 누군가 한스를 향해 비아냥거리는 노래를 불렀다.

슐체 리자베트처럼 될 수 있다면
얼마나 좋을까.
그는 한낮에도 잠을 잘 수 있는데,
나는 그럴 수 없는 신세라네.

한스는 웃어 버렸다. 그 사이에 친구들은 옷을 벗었다. 한 친구는 물속으로 첨벙 뛰어들었지만, 다른 친구들은 조심스럽게 몸에 물을 끼얹었다. 풀밭에 눕는 친구도 있었다. 잠수를 잘하는 녀석은 친구들의 부러움을 샀다. 물속으로 떠밀린 겁 많은 친구는 살려 달라고 아우성을 쳤다. 아이들의 장난치는 소리와 첨벙거리는 물소리가 주위에 가득했다.

한스는 한 시간쯤 지나 그 자리를 떠났다. 물고기가 잘 낚이는 저녁 시간이 되었기 때문이다. 그는 저녁 식사 전까지 낚시질을 했지만 한 마리도 잡지 못했다. 물고기들이 앞을 다투어 낚싯바늘에 달려들기는 했지만, 미끼만 먹고 달아나 버렸다. 미끼로 쓴 버찌가 좀 크거나 약한 모양이었다. 한스는 나중에 다시 시도해 보기로 마음먹었다. 저녁 식사 때 한스는 많은 친척들이 그의 합격을 축하하기 위해 다녀갔다는 이야기를 들었다. 한스는 그날 발행

된 주간 신문의 '공지 사항' 부분을 읽었다.

'올해 우리 마을에서는 초급 신학교의 입학 시험에 한스 기벤라트라는 학생 한 명을 보냈었다. 방금 우리는 그가 2등으로 합격했다는 반가운 소식을 전해 들었다.'

한스는 말없이 신문을 접어 주머니에 넣었다. 그의 가슴은 자부심과 기쁨으로 벅차올랐다. 잠시 후 그는 다시 낚시를 하러 갔다. 이번에는 치즈 몇 조각을 미끼로 준비했다. 치즈는 물고기들이 좋아하는 먹이였으며 밤에도 눈에 잘 띄었다. 한스는 낚싯대는 놓아두고 낚싯줄만 챙겼다. 낚싯줄과 낚싯바늘만 사용하는 것은 그가 가장 좋아하는 낚시 방법으로, 힘은 들었지만 훨씬 재미있었다. 이 방법을 쓸 때는 물고기가 미끼를 건드리는 미세한 움직임을 알아챌 수 있도록 신경을 곤두세워야 했다. 그리고 손끝의 예민함도 필요했다. 강물이 굽이도는 좁은 골짜기에 어둠이 찾아왔다. 검푸른 강물이 다리 밑을 지나 흘러갔다. 아래쪽 물레방앗간에는 이미 불이 켜져 있었으며, 떠들썩한 노랫소리가 다리와 길을 넘어 들려왔다. 강물 위로는 후텁지근한 바람이 불었다.

물고기들이 물 위로 뛰어올랐다. 이런 밤에는 물고기들도 흥분해서 이리저리 정신없이 움직이고 미끼도 덥석덥석 물었다. 한스가 네 마리의 잉어를 잡았을 때 치즈가 바닥났다. 그는 내일 마을 목사에게 잉어를 갖다 줄 생각이었다. 깊은 밤하늘에 교회의 탑과 지붕이 우뚝 솟아 있었다. 아주 먼 곳에서 폭우가 내리는지 천둥소리가 아련하게 들려왔다. 한스는 밤 10시쯤 잠자리에 들었다. 온몸이 피곤하고 나른하면서도 편안했다. 산책과 수영, 낚시질과 몽상으로 가득 찰 아름답고 자유로운 여름날이 눈앞에 펼쳐져 있었다. 다만 시험에서 1등을 하지 못한 것이 안타깝고 언짢았다. 이른 아침, 한스는 물고기를 손에 들고 마을 목사의 집 앞에 서 있었다. 목사가 한스를 맞으러 서재에서 나오며 말했다.

"오, 한스 기벤라트! 축하한다. 진심으로 축하해. 그런데 손에 들고 있는 것은 뭐니?"

"물고기예요, 몇 마리 안 돼요. 어제 제가 잡은 겁니다."

"고맙구나. 어서 들어오렴."

한스는 서재로 들어섰다. 그곳은 여느 목사의 서재와는 달라 보였다. 꽃이나 담배 냄새도 전혀 없었고, 대부분의 책들은 금박 장식이 되어 있는 새것으로 여느 목사의 서재에서 볼 수 있는, 색이 바래 있고 곰팡이가 핀 그런 책들이 아니었다. 목사의 책들을 자세히 살펴보면, 고전적인 정신이 아닌 새로운 정신으로 가득 차 있다는 것을 알 수 있을 것이다. 책상 위에 흩어져 있는 잡지와 서류들은 마을 목사의 높은 학식과 지성을 나타내 주고 있었다. 목사는 열심히 공부했는데, 설교나 성경 공부를 위해

서가 아니라 자신의 책을 쓰기 위해서였다. 그곳에 신비주의적 계시나 명상은 없었다. 그리고 대중의 영혼을 위로하기 위한 전통적인 신학도 없었다.

한스는 책상과 창문 사이에 있는 가죽 소파에 앉았다. 목사는 무척 친절했다. 마치 친한 친구에게 말하는 것처럼 신학교에서의 생활과 공부에 대해 이야기해 주었다.

"네가 신학교에서 겪게 될 일들 중 가장 중요한 것은 신약 성서의 그리스어를 배우는 것이다. 그러면 너에게 새로운 세계가 열릴 거야. 노력하는 만큼 기쁨도 커지겠지만 몹시 힘들 수도 있지. 그것은 고전적인 그리스어가 아니라 새로운 정신에 의해 만들어진 독특한 어법이기 때문이란다. 시간을 낼 수 있을 테니 누가복음 서너 장만 읽어 보면 쉽게 익힐 수 있을 거야. 사전은 내가 빌려 줄 테니, 하루에 한두 시간만 해 보자꾸나. 더 이상 무리할 필요는 없어. 너는 휴식도 필요하니까. 너의 즐거운 휴가를 망쳐서는 안 되지."

한스는 목사의 말대로 하기로 했다. 목사가 제안한 누가복음 공부는 마치 맑은 하늘에 나타난 먹구름처럼 느껴졌지만, 그 제안을 거절하기에는 왠지 부끄러운 생각이 들었다. 방학 동안 틈틈이 새로운 언어를 배우는 것도 재미있을 것 같았다. 그는 신학교에서 배우게 될 새르운 지식에 대해 은근히 두려움을 느끼고 있었는데, 특히 히브리어가 그랬다. 한스는 마을 목사의 집을 나와서 낙엽송이 있는 길을 따라 숲속으로 갔다. 언짢은 기분은 모두 사라졌고, 목사의 제안을 받아들인 것이 잘한 행동이라는 생각이 들었다. 신학교에서 다른 학생들보다 앞서려면 큰 뜻을 품고 열심히 노력해야 한다는 사실을 알고 있었기 때문이다. 한스는 남보다 앞서고 싶었다. 왜 그래야만 하는지는 자신도 알지 못했다.

지난 3년 동안 마을 사람들의 관심은 한스에게 집중되어 있었다. 선생님들과 마을 목사, 아버지의 격려 속에서 숨 가쁜 시간을 보냈다. 한스는 언제나 경쟁자 없는 1등이었다. 누구의 추격도 허용하지 않기 위해 애를 썼고, 그런 자신에게 자부심을 느꼈다. 주 시험에 대한 불안 따위는 깨끗이 사라져 버렸다.

휴가를 즐기는 것은 매우 멋진 일이었다. 아무도 없는 이른 아침의 숲은 너무나도 아름다웠다. 줄지어 서 있는 전나무들은 녹색의 둥근 지붕을 이루고 있었다. 잡초는 없었고, 산딸기나무가 무성했다. 그리고 월귤나무와 석남화가 자라는 넓은 지대에는 부드러운 이끼가 덮여 있었다. 이슬은 벌써 말라 버렸고, 곧게 뻗은 나무들 사이로 아침 숲의 독특한 더위가 감돌고 있었다. 그리고 햇볕의 따뜻함과 이끼 냄새, 송진과 전나무 잎과 버섯 냄새가 뒤엉켜 가볍게 흘러 다녔다. 한스는 이끼 위에 벌렁 드러누워 산딸기를 먹었다. 여기저기서 딱따구리의 나무 쪼는 소리와 소쩍새의 울음소리가 들려왔다. 그리고 거무스레한 전나무 가지 사이로 구름 한 점 없는 푸른 하늘이 보였다. 수많은 나무들이 갈색의 벽을 이룬 가운데, 햇살이 나뭇가지 사이로 흩어졌다. 한스는 원래 멀리 뤼첼러 성이나 크로쿠스 초원까지 걸어가 볼 생각이었다. 하지만 그는 이끼 위에 누워 산딸기를 먹으면서 하늘만 쳐다보고 있었다. 이렇게 피곤하다는 것이 이상했다. 전에는 서너 시간을 걸어도 아무런 문제가 없었다. 그는 힘을 내서 걸어 보려고 했다. 하지만 이내 이끼 위에 드러눕고 말았다. 그는 피곤한 눈으로 나뭇가지와 하늘을 올려다보았다. 숲의 공기는 이상하게도 무거웠다.

한스는 점심때쯤 집으로 돌아왔다. 머리가 아프고 눈이 따가웠다. 숲의 언덕에서 쪼인 뜨겁고 눈부신 햇살 때문이었다. 집에서 서너 시간을 보낸 뒤 목욕을 하고 나니 기분이 조금 나아졌다. 어느덧 마을 목사의 집에 가야 할 시간이 되었다. 한스가 마을 목사의 집으로 가던 중 구둣방의 플라이크 아저씨가 지나가는 한스를 불렀다. 아저씨는 창가에서 세 발 달린 의자에 앉아 일을 하던 중이었다.

"한스야, 어딜 가니? 요즘 통 보이지 않더구나."

"목사님 댁에 가는 길이에요."

"그곳에 또 간단 말이니? 시험은 끝났잖니?"

"네, 그런데 지금은 다른 일로 가는 거예요. 이번에는 신약 성서를 공부하러 가요. 지금까지 배운 것과는 다른 언어로 되어 있어서 그걸 배우려고 해요."

플라이크 아저씨는 넓은 이마에 주름을 지었다. 그는 한숨을 쉬더니 나지막하게 말했다.

"한스야, 네게 할 말이 있다. 지금까지는 시험 때문에 모른 척했다만 이제 이야기를 해야

겠구나. 너는 마을 목사의 믿음이 잘못되었다는 사실을 알아야 해. 그는 성경 말씀에 따르지 않고 거짓을 가르치려 한단다. 그와 함께 신약 성서를 공부한다면 너도 모르는 사이에 믿음을 잃게 될 거다."

"하지만 플라이크 아저씨, 저는 다만 그리스어를 배우려는 것뿐이에요. 어차피 신학교에 가면 배워야 하니까요."

"네가 그렇게 말하다니! 신앙심이 깊은 올바른 선생님에게 배우는 것과 하나님을 믿지 않는 사람에게 배우는 것은 하늘과 땅 차이란다."

"그렇기는 해요. 하지만 목사님이 하나님을 믿는지 안 믿는지는 아무도 모르잖아요."

"그렇지 않아. 그는 믿음이 없어. 나는 알고 있단다."

"그렇지만 어떡하죠? 이미 배우러 가겠다고 약속한걸요."

"그럼 가야겠지. 하지만 마을 목사가 성경

을 인간이 만들었다느니, 잘못된 거라느니 같은 말을 하면 즉시 나한테 오너라. 그 문제에 대해 얘기를 해보자꾸나. 알겠지?"

"그럴게요, 아저씨. 하지만 심각한 문제는 없을 거예요."

"곧 알게 될 거다. 내 말 명심해라."

마을 목사는 아직 집에 돌아와 있지 않았다. 한스는 서재에서 금박으로 장식된 책들을 둘러보며 플라이크 아저씨의 말을 떠올렸다. 한스는 지금까지 새로운 정신을 지닌 목사에 대한 이야기를 많이 들어 왔다. 그런데 자기와 직접 관계가 있는 지금에 와서야 호기심이 생겼다. 플라이크 아저씨의 말처럼 심각하게 생각하지는 않았다. 오히려 어떤 위대한 비밀을 알게 될 것 같았다.

한스는 어렸을 때 신의 존재와 영혼, 악마와 지옥 등에 대해 의심과 상상의 나래를 펼쳐 보기도 했었다. 그러나 지난 몇 년간 이러한 의문은 깨끗이 사라져 버렸다. 시험공부에 매달리다 보니, 한스의 신앙은 플라이크 아저씨와의 대화 속에서나 겨우 되살아났던 것이다.

마을 목사와 플라이크 아저씨를 비교해 보니 웃음이 나왔다. 한스는 오랜 세월에 걸쳐 굳게 형성된 플라이크 아저씨의 신앙을 이해할 수 없었다. 아저씨는 영리하기는 했지만, 단순하고 편견이 심했다. 그의 지나친 신앙심은 사람들로부터 웃음거리가 되곤 했다. 그는 기도 모임에서는 성경 해석가로 활동했고, 여러 마을을 돌아다니며 예배를 보기도 했다. 이러한 것들을 제외하면, 그는 지극히 평범하고 보잘것없는 수공업자였다. 반면에 마을 목사는 훌륭한 설교자였으며, 열정적이고 학식이 높은 사람이었다. 한스는 존경의 마음을 담아 목사의 책을 바라보았다.

마침내 마을 목사가 집으로 돌아왔다. 그는 외투를 벗고 검은색 평상복으로 갈아입었다. 목사는 한스에게 누가복음을 읽으라고 했는데, 라틴어 공부와는 전혀 달랐다. 목사는 몇 줄 안 되는 문장을 읽게 하고 낱말 하나하나를 자세하게 풀이해 주었다. 그는 쉬운 예를 들어 가며 그 언어에 담긴 정신을 설명하고, 성경이 생겨난 시대와 이유에 대해 이야기했다. 목사는 한 시간 만에 한스에게 학습의 새로운 개념을 불어넣어 주었다. 한스는 어렴풋하게나마 깨달았다. 낱말 하나하나마다 얼마나 많은 의문이 담겨 있으며, 그 의문을 풀기 위해 얼마나 많은 학자들이 힘을 쏟아 왔는지를 말이다. 한스는 마치 진리 탐구의 세계로 들어선 듯한 기분을 느꼈다. 한스는 마을 목사에게서 사전과 문법책을 빌려 와 밤늦도록 공부했다. 그는 참된 학문의 길로 나아가는 것이 얼마나 많은 지식과 학습의 산을 넘어야 가능한지를 느꼈다. 그러면서 어떤 어려움이 닥쳐도 꿋꿋이 헤쳐 나가리라고 다짐했다. 플라이크 아저씨는 한스의 관심 밖으로 밀려나 버렸다.

한스는 며칠 동안 새로운 학문에 빠져들었다. 그는 매일 저녁, 마을 목사를 찾아갔으며 참다운 학문을 하는 것은 매력적이고 어려우며 보람이 있다는 생각을 했다. 그는 아침 일찍 낚시질을 했고 오후에는 수영을 했으며, 그 외에는 집에만 머물렀다. 한스는 주 시험으로 인한 불안감과 승리감 때문에 잠시 잊고 있었던 야망이 다시 살아나는 것을 느꼈다. 성공에 대한 조급한 욕망 때문에 맥박이 빨라지고 흥분 상태가 되었다. 그리고 두통과 함께 열이 나면서 공부하는 속도가 놀라울 정도로 빨라졌다 읽는 데 15분이나 걸리던 크세노폰의 어려운 문장도 쉽게 읽을 수 있게 되었다. 사전을 보지 않고도 예리한 이해력으로 어려운 부분을 가볍게 읽어 나갔다.

한스는 학습과 지식에 대한 욕구가 강해졌으며, 여기에 자신감까지 더해졌다. 그는 학창 시절이 이미 끝나고, 지식과 능력의 세계를 향해 홀로 걸어가는 듯한 기분에 휩싸였다. 한스는 이러한 느낌과 함께 강렬한 꿈 때문에 자주 잠에서 깼다. 깊은 밤에 두통을 느끼며 잠에서 깰 때면, 성공에 대한 초조함에 시달렸다. 그리고 교장 선생님을 포함한 모든 선생님들이 친구들보다 앞서 있는 자신에게 던지는 찬사의 눈길을 떠올리며 우월감에 사로잡히기도 했다. 교장 선생님은 한스의 야망을 일깨워 주었으며, 그 야망이 커질수록 보람을 느끼고 있었다.

학교 선생님을 냉정하고 고지식하다고 말해서는 안 된다. 그들이 아이들의 잠자고 있는 재능을 끌어내어 공부를 향해 나아가게 할 때, 아이들은 진지하고 도덕적인 인물이 될 수 있다. 선생님들은 아이들이 점점 성숙해져서 목표를 세우고 노력하는 모습을 보며 자랑스러움과 기쁨을 느낀다. 선생님들이 국가로부터 부여받은 의무는 아이들의 거친 본능을 누르고 국가가 원하는 평화롭고 절제된 이상을 심어 주는 것이다. 현재 행복하게 살고 있는 시민이나 성실한 관료들도 이러한 교육을 받지 않았다면, 난폭한 개혁가나 공허한 이상에 사로잡힌 몽상가가 되었을 것이다.

아이들의 내면에는 거칠고 무질서한 요소들이 있다. 그것들은 위험의 불씨이므로 마땅히 제거되어야 한다. 자연으로부터 태어난 인간은 예측하기 어려운 존재이다. 미지의 산에서 흘러내리는 물줄기이며, 길도 없는 원시림이다. 원시림을 정돈하려면 강제로 나무들을 베어 내고 다듬어야 하듯이, 학교 또한 아이들을 다듬어야 한다. 학교의 사명은 치밀하게 계획된 훈련을 통해 아이들을 사회의 바람직한 일원으로 만드는 것이다. 어린 소년 한스 기벤라트는 훌륭하게 성장했다. 길거리에서 뛰노는 일과 장난질 따위는 스스로 그만두었다. 수업 중에 키득거리는 일 역시 오래전부터 하지 않았다. 흙장난과 토끼 기르기, 그토록 좋아하는 낚시질마저도 그만두었다.

어느 날 저녁, 교장 선생님이 한스의 집을 방문했다. 그는 기뻐서 어쩔 줄 모르는 한스의 아버지와 인사를 나눈 뒤 한스의 방으로 들어갔다. 한스는 누가복음을 읽고 있었다. 교장 선생님은 다정하게 말을 건넸다.

"열심히 공부하고 있구나, 기벤라트! 기특하기도 하지. 그렇다고 나한테 한 번도 오지 않다니! 너를 매일 기다렸단다."

"가려고 했어요. 좋은 물고기를 가지고 말이에요."

"물고기라니?"

"잉어 같은 물고기요."

"그래? 다시 낚시질을 하니?"

"네, 가끔씩 해요. 아버지께서 허락해 주셨거든요."

"그래, 낚시질은 재미있니?"

"그럼요."

"좋은 일이구나. 어렵게 얻은 휴가이니 놀아도 되겠지. 그럼 공부는 하고 싶지 않은 거니?"

"그럴 리가요. 하고 싶어요."

"네가 공부를 하고 싶지 않다면 억지로 하라고는 않겠다."

"정말로 하고 싶어요."

교장 선생님은 두세 번 숨을 깊게 들이쉬더니 의자에 앉았다. 교장 선생님이 말했다.

"한스야, 가끔 있는 일인데, 어떤 학생은 시험을 잘 치른 뒤 성적이 뚝 떨어지기도 한단다. 신학교에서는 배워야 할 과목이 많아서 미리 공부해 두는 학생들도 많다는구나. 특히 성적이 좋지 않았던 학생들이 그렇대. 어느 날 그 학생들이 우수한 성적에 자만하여 편안하게 지낸 학생들을 앞서 버리는 거야."

교장 선생님은 숨을 크게 내쉬고는 말을 계속 이었다.

"너는 여기에서 언제나 1등이었지. 하지만 신학교에 모인 학생들은 하나같이 똑똑하고 성실한 아이들일 거야. 그들을 쉽게 앞설 수는 없을 게다. 내 말 잘 알아듣겠지?"

"네."

"그래서 나는 네가 방학 동안 공부를 좀 더 해 두었으면 좋겠구나. 물론 적당히 해야지. 너는 방학을 즐길 권리가 충분히 있으니까. 하루에 한두 시간 정도면 적당할 거야. 너무 놀면 나중에 제자리를 찾는 데 고생하게 되겠지. 네 생각은 어떠니?"

"교장 선생님, 저는 마음의 준비가 되어 있어요. 선생님께서 가르쳐만 주신다면요."

"좋아! 신학교에서는 히브리어 다음으로 호머가 새로운 세계를 열어 줄 거야. 지금 기초를 잘 다져 놓으면 빠르고 재미있게 호머를 읽을 수 있을게다. 호머의 언어는 고대 이오니아의 방언으로 매우 독특하단다. 그것을 제대로 감상하려면 꼼꼼하게 열심히 공부해야 해."

한스는 새로운 세계에 뛰어들 준비가 되어 있었기 때문에 교장 선생님에게 약속을 했다. 하지만 그것으로 끝이 아니었다. 교장 선생님은 헛기침을 하더니 덧붙여 말했다.

"내 생각에는 수학 공부에도 두세 시간 정도 시간을 냈으면 좋겠구나. 너의 수학 실력이 형편없는 것은 아니지만 자신 있는 과목도 아니잖니? 신학교에서는 대수와 기하학을 배워야 하니, 수학 선생님에게 미리 배워 두는 게 좋지 않을까?"

"알겠습니다, 교장 선생님."

"언제든지 나를 찾아오렴. 네가 훌륭한 사람이 되어 가는 모습을 보는 것이 나의 보람이란다. 그리고 수학 공부는 일주일에 서너 시간이면 충분할 거야."

"네, 교장 선생님."

다시 공부가 시작되었다. 이제 가끔 낚시

질과 산책을 할 때조차도 마음이 편치 않았다. 수학 선생님은 한스의 수영 시간을 공부 시간으로 바꿔 놓았다. 하지만 수학은 아무리 공부해도 흥미가 생기지 않았다. 한낮의 무더위 속에서 수학 선생님의 방에 앉아, 후텁지근한 공기를 마시며 '에이 플러스 비, 에이 마이너스 비'를 외우는 일은 너무나 고통스러웠다. 기분이 언짢은 날이면 무기력하고 답답하고 절망감까지 느꼈다.

한스에게 수학은 묘한 것이었다. 그렇다고 수학을 전혀 이해하지 못하는 것은 아니었다. 가끔 문제를 잘 풀어 해답을 찾아냈을 때는 기쁘기도 했다. 수학에는 불확실함과 속임수가 없어서 좋았다. 그는 같은 이유로 라틴어를 좋아했다. 라틴어는 확실하고 분명하여 의문을 남기지 않았다. 그러나 수학은 한스에게 별다른 의미를 주지는 못했다. 수학 공부를 하면서 해답을 찾아내고 새로운 내용을 터득한다고 해도, 넓은 세계를 바라볼 수 있는 산 위에는 오를 수 없기 때문이다.

교장 선생님과의 공부는 어느 정도 활기가 있었다. 마을 목사에게 배우는 신약 성서의 히브리어도 매력적이었지만 역시 호머는 호머였다. 처음의 어려운 단계를 지나자 뜻밖의 즐거움이 생겨났다. 신비롭고 아름다운 시를 대할 때면 긴장감 때문에 가슴이 떨렸다. 그럴 때면 서둘러 사전을 펼쳐 밝고 고요한 정원의 문을 여는 열쇠를 찾아냈다. 한스는 또다시 숙제와 씨름했다. 그는 숙제를 하느라 밤늦도록 책상에 앉아 있어야 했다. 아버지는 열심히 공부하는 한스의 모습을 자랑스럽게 지켜보았다. 아버지도 다른 평범하고 어리석은 보통 사람들처럼, 자신의 줄기에서 솟은 가지가 자신이 우러러볼 수 있는 높은 곳까지 뻗어 나가기를 바라고 있었다.

방학의 마지막 주가 되자, 교장 선생님과

마을 목사는 훨씬 친절하고 다정해졌다. 그들은 한스에게 산책을 권하고 공부를 그만하라고 했다. 그리고 활기차고 건강한 상태로 새로운 삶을 시작하는 것이 얼마나 중요한지를 강조하기도 했다.

한스는 두세 차례 낚시를 했다. 그런데 그때마다 두통 때문에 강가에 우두커니 앉아 있곤 했다. 예전에 그토록 즐거운 마음으로 방학을 기다렸다는 사실이 의아하게 여겨졌다. 지금은 새로운 삶이 기다리고 있는 신학교에 간다는 것이 기쁠 따름이었다. 낚시질에 흥미를 잃자, 한스는 물고기를 한 마리도 잡기가 힘들었다. 아버지는 그런 한스를 놀려 댔다. 한스는 낚시질을 포기하고 낚시 도구를 다시 다락방의 상자에 넣어 버렸다. 방학이 거의 끝나갈 무렵에야, 한스는 플라이크 아저씨를 찾아가지 않았다는 생각이 떠올랐다. 그는 이제라도 아저씨를 찾아가야겠다고 생각했다. 저녁에 한스는 플라이크 아저씨의 집으로 갔다. 플라이크 아저씨는 거실의 창가에 앉아 아이들을 무릎 위에 올려놓고 있었다. 창문이 열려 있는데도 거실은 가죽과 구두약 냄새로 가득했다. 한스는 멋쩍은 얼굴로 플라이크 아저씨의 커다란 오른손 위에 자기의 손을 얹었다. 아저씨가 물었다.

"공부는 어땠니? 마을 목사에게는 많이 배웠니?"

"매일 가서 많은 것을 배웠어요."

"무엇을 배웠니?"

"주로 히브리어를 배웠고, 그 밖에도 이것저것 많이 배웠어요."

"그래서 나한테는 통 오지 못했구나."

"오고는 싶었어요, 아저씨. 하지만 시간이 나지 않았어요. 날마다 목사님과 한 시간, 교장 선생님과 두 시간을 공부했고, 수학 선생님한테는 일주일에 네 번이나 가야 했거든요."

"방학 중인데도 말이냐? 어리석기는."

"잘 모르겠어요. 선생님들이 하라는 대로 했을 뿐이에요. 공부가 그렇게 힘들지는 않거든요."

"그렇겠지. 공부하는 것이 나쁘다는 게 아니다. 하지만 이 팔 좀 보렴. 얼굴도 너무 야위었구나. 두통은 여전하니?"

"가끔요."

"어리석구나, 한스야. 그건 죄악이야. 네 나이 때는 산책도 실컷 하고, 운동도 많이 하고, 충분히 휴식을 취해야 한단다. 방학이 집 안에서 공부만 하라고 있는 것은 아니야. 너는 뼈와 가죽만 남은 몰골을 하고 있구나."

한스는 웃어 보였다. 플라이크 아저씨가 계속해서 말을 이었다.

"너는 잘해 낼 거다. 하지만 지나친 것은 좋지 않아. 마을 목사에게는 무엇을 배웠니? 그가 뭐라고 말하더냐?"

"많은 말씀을 하셨는데 나쁜 말은 없었어요. 그분은 아는 것이 많은 분이에요."

"성경에 대해 모독하는 말은 하지 않더냐?"

"한 번도 하지 않았어요."

"다행이구나. 하지만 명심하여라. 영혼을 더럽힐 바에는 열 번이라도 육체를 버리는 게 낫다. 너는 장차 목사가 될 텐데, 그것은 신성하면서도 힘든 자리이다. 목사는 다른 사람과는 달라야지. 너는 틀림없이 영혼을 구제하는 훌륭한 인물이 될 거다. 그렇게 되기를 진심으로 기도하마."

플라이크 아저씨는 자리에서 일어서더니, 한스의 어깨를 힘주어 잡으며 계속 말했다.

"한스야, 바른 길을 가거라. 하느님이 너를 축복하고 보호해 주실 거야. 아멘!"

아저씨의 엄숙한 기도와 작별 인사는 한스의 가슴을 짓눌렀다. 마을 목사는 플라이크 아저씨처럼 작별 인사를 하지는 않았다. 신학교에 갈 준비와 작별 인사를 하느라 며칠이 바쁘게 지나갔다. 이불과 옷, 책을 담은 상자는 신학교로 미리 보냈고 여행 가방도 꾸렸다.

어느 서늘한 아침, 한스의 아버지와 한스는 마울브론 수도원을 향해 길을 떠났다. 고향을 떠나 낯선 학교에 가는 것은 설레면서도 두려운 일이었다.

제3장

시토 교단의 마울브론 수도원은 주의 북서쪽, 숲이 우거진 언덕과 작고 조용한 호수 사이에 있었다. 이 수도원은 수백 년 동안 이와 같은 주변의 푸르른 자연과 조화를 이루어 왔다. 또한 이 아름다운 건물은 오랫동안 잘 보존되어 왔으며, 누구나 살아 보고 싶을 만큼 웅장하고 화려했다.

마울브론 수도원을 방문하는 사람은 높은 담장 사이의 그림 같은 문을 지나 넓고 조용한 뜰로 들어서게 된다. 그곳에는 물을 뿜는 분수와 아름드리나무들이 서 있었다. 뜰의 양옆으로는 오래된 석조 건물이 있고, 가운데에는 너무 아름다워서 '파라다이스'라고 불리는 교회 본당이 자리 잡고 있었다. 그리고 교회의 지붕에는 종이 매달려 있는 뾰족한 탑이 있었다.

잘 보존되어 있는 교회 본당의 회랑은 예술 작품과 다름없었고, 예배당 옆에는 멋진 분수가 있었다. 그리고 우아한 십자형 천장을 가진 성직자 식당, 기도실과 담화실, 평신도 식당, 수도원장의 저택, 두 개의 교회당이 늘어서 있었다. 그 밖에도 그림 같은 담장, 정원, 물레방아와 저택들이 그 우아하고 고풍스러운 수도원을 에워싸고 있었다.

넓은 앞뜰의 나무 그늘은 고요했으며, 점심 식사 후의 휴식 시간에만 잠시 활기를 띠었다. 건물에서 나온 젊은 학생들은 운동을 하거나 이야기를 하면서 웃음꽃을 피웠다. 그러다 휴식 시간이 끝나면 그들은 한꺼번에 사라져 버렸다. 많은 사람들은 이 수도원을 유익한 삶과 기쁨의 장소라고 여길 것이다. 또한 이곳에서 착한 사람들이 즐거운 사색을 통해 성숙하고 아름다운 사상을 만들어 갈 거라고 생각할 것이다.

이 멋진 수도원은 오래전부터 언덕과 숲 뒤에 숨은 채 세상과 떨어져 있었다. 하지만 신학교 학생들에게만은 문을 열고 아름답고 평화로운 환경을 제공했다. 도시와 가정의 어수선한 환경과 영향으로부터 학생들을 보호하려는 것이었다. 이곳에서 학생들은 히브리어와 그리스어 외에도 여러 분야의 공부를 할 수 있었다. 삶의 참다운 목표를 세우고 순수하고 이상적인 학문을 접함으로써 정신의 살을 찌울 수 있었던 것이다.

기숙사 생활은 학생들 스스로를 훈련시키고 공동체 의식을 키우는 데 있어서 중요한 역할을 했다. 국가는 학생들의 생활과 공부에 필요한 모든 비용을 대 주면서, 신학교 학생들이 남다른 정신을 가질 수 있도록 도왔다. 이곳에서의 생활을 견디지 못하고 뛰쳐나가는 몇몇 학생들을 제외한다면, 그 정신이야말로 슈바벤의 신학교 출신임을 나타내 주는 확실한 징표였다.

어머니와 함께 수도원에 들어서는 소년은 그날의 감동과 감사의 마음을 평생 잊지 못할 것이다. 그러나 한스는 그렇지 못하여 별다른 감동이 없었다. 다만 다른 소년들의 어머니를 보면서 강한 인상을 받았을 뿐이다. 침실로 쓰이는 넓은 방은 여기저기 흩어져 있는 상자들로 어수선했다. 소년들과 그 부모들은 짐을 풀고 정리하느라 바빴다. 소년들에게는 번호표가 붙은 옷장과 책꽂이가 주어졌다. 사감이 소년들 사이를 돌아다니면서 이런저런 주의를 주었다. 모두가 옷을 펴고, 속옷을 접고, 책을 쌓고, 신발을 정돈했다.

소년들의 준비물은 거의 비슷했다. 가지고 올 수 있는 품목이 정해져 있었기 때문이다. 소년들은 이름이 새겨진 세숫대야와 비눗갑, 빗과 칫솔 등을 세면장에 가져다 놓았다. 그리고 램프와 석유통과 식기도 가지고 있었다. 소년들은 매우 들뜬 모습으로 바쁘게 움직였다. 아버지들은 웃음을 머금고 도와주다가 지루한 듯 시계를 들여다보기도 했다. 그러나 어머니들은 매우 열심이었다. 옷장에 옷가지를 넣어 깔끔하게 정돈했고 주의 사항을 꼼꼼하게 일러 주었다.

"새 속옷은 특히 아껴 입어라. 3.5마르크나 주고 샀단다."

"빨랫감은 매달 기차 화물로 부치고, 급할 때는 우편으로 보내렴. 검은색 모자는 일요일에만 쓰도록 해라."

그리고 한 뚱뚱한 아주머니는 아들에게 단추 다는 방법을 가르치고 있었다. 다른 곳에서는 이런 말도 들려왔다.

"집 생각이 나면 언제든지 편지해. 크리스마스도 얼마 안 남았잖니."

젊고 예쁜 한 아주머니는 옷장을 살펴보고는 아들의 뺨을 어루만졌다. 아들은 부끄러워하면서 어머니의 손을 뿌리쳤다. 그는 어린애로 보이고 싶지 않아서 두 손을 바지 주머니에 찔러 넣었다. 그 어머니는 아들보다 이별을 더 힘들어했다. 어떤 소년들은 전혀 달랐다. 그들은 짐을 정리하는 자신의 어머니를 우두커니 쳐다보기만 했다. 아마도 다시 집으로 돌아가고 싶은 모양이었다. 그들은 많은 사람들이 보는 가운데 이별의 두려움을 드러내지 않으려고 힘겹게 참고 있었다.

대부분의 소년들이 생활필수품 이외에도 사과와 소시지, 비스킷 등을 가져왔다. 스케이트를 가지고 온 소년들도 많았다. 커다란 햄을 가지고 와서 사람들의 눈길을 끈 소년도 있었다. 처음 이곳에 온 학생과 이미 기숙사 생활을 경험해 본 학생은 쉽게 구별되었다. 하지만 상급생들 또한 흥분을 감추지 못했다.

기벤라트 씨는 짐을 푸는 아들을 능숙한 솜씨로 도와주었다. 그는 다른 사람들보다 일찍 짐 정리를 하고 주변을 둘러보았다. 모든 부모들이 그 아들들에게 충고와 위로를 하고 있었다. 기벤라트 씨 역시 아들에게 뭔가 그럴듯한 말을 해야겠다는 생각이 들었다. 한스는 아버지의 느닷없는 충고가 의아하게 여겨졌으나 묵묵히 듣기만 했다. 아버지가 마지막으로 말했다.

"우리 집안의 명예를 높여다오. 선생님 말씀 잘 따르고."

"네, 알겠습니다."

아버지는 안도의 한숨을 내쉬었다. 한스는 불안과 호기심이 담긴 눈으로 고요 속에 잠겨 있는 회랑을 바라보았다. 회랑의 고풍스러운 분위기는 왁자지껄 떠드는 아이들과 묘한 대조를 이루고 있었다. 한스는 바쁘게 움직이는 소년들을 살펴보았다. 그들 가운데 아는 얼굴은 한 명도 없었다. 슈투트가르트에서 만났던 괴팅겐의 소년은 뛰어난 라틴어 실력에도 불구하고 시험에 떨어진 모양이었다.

한스는 앞으로 같이 공부하게 될 아이들을 살펴보았다. 아이들이 가지고 온 소지품의 종류와 수는 비슷했지만, 그들의 부유함과 가난함은 쉽게 구분되었다. 부잣집 아들이 수도원에 오는 경우는 드물었는데, 부모의 자부심이나 아이들의 재능 때문이었다. 그러나 일부 교수나 고급 관료들은 수도원에서의 자신들의 체험을 떠올리면서 아들을 마울브론 수도원에 보내기도 했다. 서른여섯 명의 아이들이 입고 있는 검은색 예복은 옷감과 바느질에 있어서 차이가 났다. 또한 사투리나 행동거지도 서로 달랐다. 뻣뻣한 팔다리에 깡마른 슈바르츠발트 출신, 엷은 색의 금발에 입이 큰 고원 지대 출신, 활동적이며 쾌활한 평야 지대 출신, 앞코가 뾰족한 구두를 신고 사투리를 사용하는 슈투트가르트 출신 등이 섞여 있었다. 그리고 이들 중 5분의 1은 안경을 썼다. 어머니에게 무척 의지하는 듯한 연약하고 귀여워 보이는 슈투트가르트 출신의 한 소년은 고급 펠트 모자를 쓰고 있었다. 그 소년은 눈에 띄는 자신의 차림새가 장차 짓궂은 아이들로부터 웃음거리가 될 거라는 사실을 전혀 알지 못하고 있었다.

누구라도 이들을 자세히 살펴보면, 그들이 주의 소년들 가운데에서 특별히 뽑힌 인재들이라는 것을 금방 알 수 있었을 것이다. 암기 위주의 교육을 받은 평범한 소년들도 있었지만, 예민하고 반항심이 강한 소년들도 있었다. 그들의 반듯한 이마 너머에는 보다 수준 높은 삶에 대한 바람이 담겨 있었다. 슈바벤의 성실하고 영리한 인재들은 세상 속으로 들어가 그들의 사상을 새롭고 강하게 만들었다. 슈바벤 지역은 학식이 높은 신학자들을 배출했으며, 철학적인 전통을 자랑스러워했다.

그러나 마울브론 수도원의 겉모습과 관습은 슈바벤의 전통과는 동떨어져 있었다. 학생들이 사용하는 방의 명칭부터 고전적이었다. 학생들이 배정받은 방은 '포룸', '헬라스', '아테네', '수퍼루터', '아크로폴리스'라고 불렀으며, 끝에 있는 제일 작은 방의 이름은 '게르마니아'였다. 이 이름들은 현재의 게르만적 토대 위에 그리스와 로마의 환상을 씌우려는 의도를 가진 것처럼 보였다. 실제로는 히브리어 이름이 더 잘 어울렸을 것이다.

우연의 일치겠지만, '아테네' 방은 말솜씨가 없는 고지식한 학생들이 사용하게 되었다. 그리고 '스파르타' 방은 호전적이고 금욕적인 대신 쾌활하며 거만한 학생들이 차지했다. 한스는 아홉 명의 학생들과 함께 '헬라스' 방에 배정되었다. 그날 밤, 새로운 친구들과 함께 썰렁한 침실의 작은 침대에 누워 있자니 한스는 뭐라고 표현할 수 없는 이상야릇한 기분이 들었다. 천장에는 커다란 석유램프가 걸려 있었다. 소년들은 붉은 불빛 아래에서 옷을 벗었고, 저녁 7시 15분쯤 사감이 와서 불을 껐다. 침대 사이에는 옷을 걸쳐 둔 의자가 놓여 있었고, 기둥에는 아침 종을 치기 위한 줄이 묶여 있었다.

몇몇 아이들은 벌써 사귀었는지 소곤소곤 이야기를 나누었으나 곧 조용해졌다. 아이들은 낯선 환경에 짓눌려 말없이 누워 있었다. 먼저 잠든 아이들의 숨소리와 뒤척이는 소리가 들려왔다. 한스는 쉽게 잠을 이루지 못했다. 잠시 후 하나 건너 옆의 침대에서 이상한 소리가 들려왔다. 한 아이가 이불을 뒤집어쓴 채 울고 있었다. 그 나직한 흐느낌이 한스의 마음을 흔들었다. 한스는 크게 향수를 느끼지는 않았지만, 고향 집의 조그마한 방은 그리웠다. 낯선 환경과 새로운 친구들에 대한 두려움이 한스를 무겁게 짓눌렀다.

마침내 침실의 모든 소년들이 잠들었다. 그들은 줄무늬 베개에 얼굴을 묻고 나란히 누워 있었다. 슬픔에 젖은 소년, 고집불통인 소년, 쾌활한 소년, 겁 많은 소년 할 것 없이 모두가 달콤한 휴식 속으로 빠져들었다.

뾰족한 지붕과 탑, 창문과 담장 위로 반달이 떠올랐다. 달빛은 문지방을 비추다가 고딕풍의 창문과 로마네스크 양식의 문 위로 흘러갔다. 달빛은 세 개의 창문을 통해 '헬라스' 방에 스며들어, 잠든 소년들의 꿈을 부드럽게 어루만져 주었다.

다음 날, 예배당에서는 엄숙한 입학식이 치러졌다. 선생님들은 예복을 입었고, 교장 선생님은 축하 연설을 했다. 소년들은 생각에 깊이 빠진 얼굴을 한 채 의자에 앉아 있었으며, 가끔 부모님들을 보려고 고개를 뒤쪽으로 돌리기도 했다. 어머니들은 미소를 머금고 아들을 쳐다보았으나, 아버지들은 진지하고 엄숙했다. 부모들은 자랑스러움과 멋진 희망으로 설레고 있었다. 금전적인 이익을 위해 자식을 이곳에 보낸 부모는 한 사람도 없었다.

마지막 순서로 소년들의 이름이 한 명씩 불렸고, 그들은 앞으로 나갔다. 소년들은 교장 선생님과 악수를 하면서 의무와 책임을 다할 것을 약속했다. 이제 이들은 행동이 올바르기만 하면 국가로부터 평생토록 직업을 보장받게 된다. 하지만 그것을 쉽게 얻을 수 있다고 생각하는 사람은 아무도 없었다.

소년들은 진한 슬픔을 느끼면서 부모와 이별을 했다. 부모는 걷거나 마차를 타고 소년들의 시야에서 사라져 갔다. 이별을 아쉬워하는 손수건들이 9월의 바람 속에 오랫동안 나부꼈다. 부모의 모습이 완전히 보이지 않게 되자, 소년들은 말없이 수도원으로 발길을 돌렸다.

사감이 말했다.

"자, 이제 부모님들은 가셨습니다."

학생들은 서로 이야기를 주고받으면서 같은 방 친구들과 친해지기 시작했다. 학생들은 병에 잉크를 넣고, 램프에 석유를 붓고, 책과 공책을 정돈하면서 새로운 방에 적응하려고 했다. 그들은 서로의 고향과 학교에 대해 묻고, 힘들었던 주 시험에 대해 이야기하기도 했다. 저녁 무렵이 되자 그들은 긴 항해를 함께한 승객들보다도 서로를 더 잘 알게 되었다. 한스가 생활하게 된 '헬라스' 방 친구들 아홉 명 중에는 네 명의 남다른 소년들이 있었다. 먼저 슈투트가르트 출신에 대학 교수의 아들인 오토 하르트너는 뛰어난 재능을 가졌으며 침착하고 자신감이 넘쳤다. 그는 건장한 체격에 말쑥한 옷차림을 하고 다녔는데, 그의 당당한 외모와 행동은 친구들의 감탄을 자아냈다.

고원 지대의 읍장 아들인 카를 하멜은 사귀

기가 쉽지 않았다. 그는 모순투성이였으며, 자신을 좀처럼 밖으로 드러내지 않았다. 때로는 제멋대로 행동하거나 거칠어지기도 했지만, 이내 자기 내부로 숨고 말았다. 그가 조용한 관찰자인지, 음흉한 마음의 소유자인지는 알 수 없었다.

슈바르츠발트에서 온 헤르만 하일러는 까다롭지 않은 성격이면서도 눈에 띄었다. 그는 좋은 집안의 아들로 시를 잘 쓰는데, 소문에 의하면 주 시험에서 운율에 맞춰 작문을 했다고 한다. 그는 말솜씨가 뛰어났으며, 멋진 바이올린을 가지고 있었다. 그리고 그의 감상적이고 자유분방한 기질은 경솔함 또는 성숙함과 뒤섞여 나타났다. 그는 벌써 자기만의 세계로 나아가려는 듯했다.

'헬라스' 방에서 가장 특이한 학생은 에밀 루치우스였다. 그는 엷은 색의 금발을 가졌고 엉큼한 구석이 있었으며, 농부처럼 부지런하고 끈기가 있었다. 그의 생김새는 어려 보였으나 행동은 어른 같았다. 다른 학생들이 새로운 환경에 적응하려고 애쓰고 있을 때, 루치우스는 문법책을 펼쳐 놓고 엄지손가락으로 귀를 막은 채 공부에 몰두했다. 그러나 시간이 흐르면서 이 괴짜가 교활한 구두쇠이며 이기주의자임이 드러났다. 친구들은 곧 물건을 아끼고 돈을 절약하는 그의 약삭빠름에 감탄하게 되었다. 그런 일은 아침 일찍부터 일어났다. 루치우스는 맨 먼저 또는 맨 나중에 세면장에 나타났다. 다른 친구들의 수건이나 비누를 빌려 쓰기 위해서였다. 그래서 그의 수건은 보통 2주일 넘게 깨끗한 상태로 있었다. 수건은 일주일에 한 번씩 새것으로 바꾸는 것이 기숙사의 규칙이었는데, 월요일 아침에 사감이 그것을 검사했다. 루치우스는 월요일 아침이면 깨끗한 수건을 꺼내 놓았다가, 점심시간이 되면 다시 낡은 수건으로 바꾸어 놓았다. 그의 비누는 너무 딱딱해서 잘 닳지도 않았으며, 그는 비누 하나를 몇 달 동안 사용했다. 그렇지만 루치우스는 지저분하지는 않았다. 그는 언제나 단정한 옷차림과 머리 모양을 하고 다녔다. 그리고 속옷과 겉옷 역시 무척 깨끗하게 아껴 입었다.

학생들의 아침 식사는 빵 한 개와 커피 한 잔, 설탕 한 조각이 전부였다. 이는 한창 때의 학생들에게는 부족한 양이었다. 그런데도 루치우스는 설탕을 모아 두었다가, 두 조각에 1페니히를 받고 팔았다. 설탕 스물다섯 조각은 공책 한 권과 바꿨다. 한편 저녁에는 석유를 아끼기 위해 친구의 램프 옆에서 공부를 했다. 그렇지만 그는 가난한 집안의 자식이 아니라 부잣집 아들이었다. 원래 가난한 집 아이들은 돈을 아끼는 방법을 배우지 못한다. 그들은 가진 돈을 다 써 버리며 저축에는 신경 쓰지 않는 것이다.

투치우스는 물질적인 것뿐만 아니라 정신

적인 이익도 최대한 많이 얻으려고 했다. 그는 좋은 성적을 올릴 수 있는 과목만을 집중적으로 공부했으며, 나머지 과목들은 친구들에게 크게 뒤지지 않을 만큼만 공부했다. 그는 언제나 친구들과 성적을 비교했는데, 두 배의 노력으로 2등을 하기보다는 절반의 노력으로 1등을 하고 싶어 했다.

루치우스는 저녁 시간에 친구들이 오락과 독서를 할 때에도 조용히 공부만 했다. 그는 친구들이 떠드는 소리는 신경도 쓰지 않았으며, 오히려 흡족한 표정을 하고 친구들을 쳐다보았다. 만약 다른 친구들이 자기처럼 열심히 공부한다면 그의 노력이 무의미해지기 때문이었다.

루치우스의 부지런함 덕분에, 친구들은 그의 약삭빠른 행동을 나쁘게 여기지는 않았다. 그러나 지나친 욕심쟁이는 언젠가 어리석은 짓을 하게 마련이다. 루치우스 역시 그랬다. 수도원의 모든 수업은 무료였다. 그래서 루치우스는 바이올린을 배우기로 마음먹었다. 그는 지금까지 바이올린을 배운 적이 없었으며, 음악적 재능이 뛰어나지도 않았다. 그렇다고 음악을 좋아하는 것도 아니었다. 하지만 그는 라틴어와 수학처럼 바이올린 역시 배우면 될 것이라고 생각했다. 그리고 음악은 유익하며 사람들의 관심을 끌기 쉽다는 말을 들은 적도 있었다.

루치우스가 바이올린을 배우겠다고 했을 때, 음악 선생님은 매우 화가 났다. 음악 선생님은 이미 루치우스의 실력을 잘 알고 있었기 때문이다. 루치우스가 음악 시간에 부른 노래는 친구들을 즐겁게 하긴 했지만, 음악 선생님은 그의 음악적 재능이 형편없다고 생각하고 있었다. 음악 선생님은 루치우스의 바이올린 수업을 말려 보았다. 그렇지만 루치우스는 공손하게 미소를 지으면서 자신의 권리를 주장

했다. 그러고는 음악에 대한 흥미를 도저히 억누를 수 없다고 강조했다.

결국 루치우스는 가장 나쁜 바이올린으로 일주일에 두 번 개인 지도를 받았다. 그리고 매일 밤 혼자서 30분씩 연습을 했다. 첫 번째 연습이 끝나자마자 같은 방 친구들이 일제히 투덜거렸다. 친구들은 제발 그 견디기 어려운 소음을 두 번 다시 듣지 않게 해 달라고 소리 질렀다.

그때부터 루치우스는 바이올린을 연습할 수 있는 장소를 찾아 수도원 여기저기를 헤매고 다녔다. 그의 바이올린에서 나는 끽끽거리는 소리는 주변 사람들을 고통스럽게 했다. 소년 시인 하일러가 그 소리를 평가하기를, 낡은 바이올린이 고통을 참지 못하여 벌레 먹은 구멍에 대고 살려 달라고 애원하는 것 같다고 했다.

루치우스의 바이올린 실력은 조금도 나아지지 않았다. 음악 선생님은 신경질을 내며 그를 함부로 대했다. 루치우스는 실망했다. 자신만만했던 욕심쟁이의 얼굴에 마침내 근심 어린 주름살이 생기기 시작했다.

결국 음악 선생님은 루치우스가 바이올린에 전혀 소질이 없다는 결정을 내렸다. 루치우스는 이번에 피아노를 택했다. 그러나 몇 달에 걸친 헛된 고생 끝에 슬그머니 포기하고 말았다. 그 뒤로 음악 이야기가 나올 때면, 루치우스는 자기도 바이올린과 피아노를 배웠다고 자랑했다. 그러면서 피치 못할 사정 때문에 그 아름다운 예술 활동으로부터 멀어지게 되었다고 말했다.

'헬라스' 방 친구들에게는 재미있는 일이 자주 일어났다. 시인 하일러도 종종 우스꽝스러운 모습을 보였다. 카를 하멜은 유머가 넘쳤는데 다른 친구들보다 한 살 많았지만 존경을 받지는 못했다. 그리고 하멜은 변덕이 심해 매주 싸움을 했으며, 그럴 때면 난폭함과 잔인함을 드러냈다.

한스는 그러한 하멜의 행동을 보고 놀랐으나, 착하고 온순한 학생으로서 자기의 할 바를 조용히 해 나갔다. 한스는 루치우스만큼 부지런했기 때문에 하일러를 제외한 같은 방 친구들의 존경을 받았다. 그러나 하일러는 한스를 공부벌레라고 놀려 댔다.

저녁 시간에는 기숙사에서 종종 싸움이 벌어졌다. 그렇지만 학생들은 금방 화해하고 다시 잘 어울렸다. 그들은 어른스러워 보이려고 애를 썼다. 선생님들은 학생들에게 '당신'이라는 익숙하지 않은 호칭까지 써 가면서 학문적인 진지함과 점잖은 태도를 가르치려고 했다. 학생들은 대학생이 고등학교 시절을 돌아보듯이, 졸업한 지 얼마 되지 않은 라틴어 학교 시절을 거만하게 돌아보았다. 하지만 가끔은 학생들에게서 개구쟁이의 모습이 불쑥 튀어나오기도 했다. 그럴 때면 침실은 그들의 뛰어다니는 소리와 욕설로 아수라장이 되었다.

공동생활을 시작한 지 몇 주가 지나면서, 학생들은 마치 화학 반응에서 물질이 변하는 것처럼 변해갔다. 그들에게서 처음의 수줍음은 사라졌다. 그들은 탐색을 통해 서로에 대해 충분히 알게 된 후 동아리를 만들었다. 이에 따라 자연스럽게 우정과 반감이 형성되었다. 같은 고향이나 같은 학교 출신끼리 어울리는 경우는 거의 없었으며, 대부분의 학생들은 새로운 친구를 사귀었다. 도시 아이들은 시골 아이들과 어울렸고, 고원 지대 아이들은 평야 지대 아이들과 사귀었다. 이는 자기가 모르는 세계에 대한 은밀한 호기심에서 비롯된 것이었다.

학생들은 불안정한 상태로 서로를 찾아 헤맸다. 그러는 가운데 평등 의식과 독립심이 싹텄으며, 어린아이의 껍질을 벗고 자기만의 개성을 키워 나갔다. 그들은 함께 우정 어린 산책을 하기도 하고, 적개심 때문에 싸움을 하기도 했다.

그러나 한스는 이런 일들에는 관심이 없었다. 카를 하멜이 우정을 고백했을 때, 한스는 깜짝 놀라서 뒷걸음질을 쳤다. 그러자 하멜은 곧 '스파르타' 방 아이들과 친해졌다. 한스는 홀로 남겨졌으나 우정의 세계를 동경하는 마음은 억제할 수가 없었다. 하지만 수줍음이 그를 억눌렀다. 그는 어머니 없이 엄격한 소년 시절을 보냈던 탓인지 친구들에게 쉽사리 다가가지 못했다. 그리고 뜨거운 우정에 대한 두려움도 있었다.

한스는 루치우스와는 많이 달랐지만, 공부에 방해가 되는 것을 멀리하려는 점에서는 비슷했다. 한스는 언제나 책상 앞에 앉아서 공부에 열중했다. 그러면서도 우정을 나누는 친구들을 보면서 질투심 때문에 괴로워하기도 했다. 카를 하멜은 한스의 상대로 적합하지 않았다. 만약 다른 누군가가 한스와 가까워지려고 했다면, 그는 기꺼이 응했을 것이다. 한스는 수줍음 많은 소녀처럼, 용감한 누군가가 나타나 자기를 행복의 세계로 이끌어 주기를 바라고 있었다.

시간은 빠르게 흘러갔다. 여러 과목들 중 히브리어는 공부하는 데 특히 많은 시간이 걸렸다. 마울브론 수도원을 둘러싸고 있는 작은 호수들에 늦가을의 하늘이 비쳤다. 그리고 물푸레나무와 자작나무, 떡갈나무의 시들어 가는 모습도 비쳤다. 한편 초겨울의 숲에는 세찬 바람이 몰아쳤고 서리도 몇 차례 내렸다.

풍부한 감정을 지닌 헤르만 하일러는 마음에 갖는 친구를 사귀기 위해 애썼으나 뜻을 이루지 못했다. 그는 매일 외출 시간에 홀로 숲길을 거닐었다. 그는 늙은 나무와 갈대로 둘러싸인 갈색의 호수를 즐겨 찾았다. 슬픔이 깃든 아름다운 숲과 호수가 그의 마음을 사로잡았던 것이다. 그는 나뭇가지로 호수의 수면에 원을 그리면서 레나우의 〈갈대의 노래〉를 읽었다. 그리고 갈대 위에 누워, 가을이면 떠오르는 죽음이나 소멸 등의 주제에 대해 생각하곤 했다. 그러다가 낙엽 지는 소리와 바람에 흔들리는 나뭇가지 소리를 들으며 수첩에 시를 적기도 했다.

10월 하순의 어느 날이었다. 한스가 점심시간에 산책을 하러 그 호숫가에 갔을 때도 하일러는 시를 쓰고 있었다. 그 소년 시인은 낚시할 때 사용되는 작은 널빤지 위에 앉아, 연필을 입에 문 채 생각에 잠겨 있었다. 옆에는 한 권의 책이 펼쳐져 있었다. 한스는 천천히 그에게 다가간 다음 말을 걸었다.

"안녕 하일러, 여기서 뭐하고 있니?"

"호머를 읽고 있어. 너는 어쩐 일이니?"

"거짓말하지 마. 나는 네가 뭘 하고 있었는지 알아."

"그래?"

"물론이지. 너는 분명 시를 쓰고 있었을 거야."

"그렇게 생각하니?"

"그래."

"거기 앉아 봐."

한스는 하일러의 옆에 앉아, 두 발을 호수 위로 늘어뜨렸다. 낙엽들이 허공을 지나 수면 위로 떨어져 내렸다. 한스가 말했다.

"여긴 조금 쓸쓸하구나!"

"그래."

두 소년은 땅바닥에 길게 드러누웠다. 나무들은 시야에서 사라졌고, 푸른 하늘에 점점이 떠 있는 구름만 보였다. 한스가 가볍게 말했다.

"아름다운 구름이야."

"맞아. 우리가 저 구름이 될 수 있다면 얼마나 좋을까!"

"그렇게 된다면?"

"그러면 저 하늘 너머로 갈 수 있겠지. 숲과

마을, 도시와 국경을 넘어 항해하는 배처럼 말이야. 넌 배를 본 적 있니?"

"없어. 너는?"

"당연히 봤지. 너는 그런 것은 전혀 모르는구나. 하긴 공부에만 매달려 있으니 그럴 수밖에 없지."

"네 눈에는 내가 바보처럼 보이니?"

"그렇게 말하진 않았어."

"나는 네가 생각하는 것처럼 바보는 아니야. 그래도 배에 대해서는 더 듣고 싶어."

하일러는 몸을 돌려 엎드린 다음 두 손으로 턱을 괴었다. 그러고는 이야기를 하기 시작했다.

"라인 강이었지. 방학 때 그곳에서 배들을 보았어. 배에서는 음악이 흘렀고, 밤이 되자 배의 화려한 불빛들이 강물을 비추었지. 우리는 음악을 들으면서 라인 강을 따라 내려갔어. 사람들은 포도주를 마시고 소녀들은 하얀 옷을 입고 있었지."

한스는 말없이 하일러의 이야기를 들으면서, 눈을 감고 화려한 불빛과 음악 소리로 가득한 배를 그려 보았다. 그리고 그 배가 하얀 옷을 입은 소녀들을 태우고 여름밤의 라인 강을 헤쳐 가는 모습까지 상상해 보았다. 하일러의 이야기가 다시 이어졌다.

"지금과는 전혀 달랐지. 여기 있는 아이들이 뭘 알겠어. 답답하고 비겁한 놈들뿐이야. 오로지 공부밖에는 모르고, 히브리어보다 고상한 것은 아무것도 없다고 생각하지. 너도 마찬가지야."

한스는 잠자코 있었다. 하일러는 정말 독특했다. 공상가이며 시인이었다. 한스는 하일러를 보면서 몇 번이나 놀랐다. 하일러는 거의 공부를 하지 않았는데도 아는 것이 많아서, 질문에 능숙하게 답변을 했다. 그렇지만 그는 지식을 경멸했다. 하일러가 계속 말을 이었다.

"호머를 읽는 것도 그래. 우리는 《오디세이》를 무슨 요리책처럼 다루지. 한 시간 동안 겨우 두 구절을 읽고, 글자 하나하나에 대해 지겹도록 되씹는다고! 구역질이 날 정도로 말이야. 그러면서 그 시인이 얼마나 멋진 표현을 했는지를 강조하지. 나에게 호머는 아무런 가치도 없어. 낡아 빠진 그리스의 시가 무슨 소용이 있어? 우리 가운데 누구라도 그리스식으로 생활한다면 당장 쫓겨나고 말걸? 고전이라는 건 죄다 쓸모없어."

하일러는 허공을 향해 침을 뱉었다. 한스가 물었다.

"너 아까 시를 쓰고 있었지?"

"그래, 맞아."

"무슨 시인데?"

"이 호수와 가을에 대한 시야."

"내가 좀 볼 수 있을까?"

"아니, 아직 끝내지 않았어."

"그럼 끝낸 뒤에는 보여 줄 수 있어?"

"그래, 그때는 좋아."

두 소년은 일어나서 천천히 수도원을 향해 걸어갔다. 하일러가 '파라다이스'를 가리키며 말했다.

"저걸 좀 봐. 너는 저 건축물의 아름다움에 대해 생각해 본 적 있니? 예배당과 아치형의 창문, 회랑과 식당 모두 예술가들에 의해 고딕과 로마네스크 양식으로 만들어졌지. 하지만 고작 목사가 되고자 하는 소년들을 위해 이런 멋진 건축물이 왜 필요한 거지? 나라에 돈이 남아도는 모양이야."

한스는 오후 내내 하일러에 대해 생각했다. 그는 도대체 어떤 아이일까? 그는 한스가 지닌 고민과 희망 따위는 전혀 가지고 있지 않은 것처럼 보였다. 그리고 자기 나름의 사상과 생각을 가지고 있었으며, 열정적이고 자유로웠다. 그는 남들과는 다른 고민에 빠져서 주변의 것들을 경멸했다. 낡은 기둥과 담장의 아름다움을 이해했으며, 환상적인 시를 창조하는 능력을 가지고 있었다. 그는 한스가 1년 동안 할 농담을 하루 만에 해 버렸으며, 우울함 속에서 자신의 슬픔을 즐기고 있는 듯 했다.

그날 저녁, 하일러는 친구들 앞에 그의 엉뚱한 성격을 드러냈다. 오토 벵거라는 허풍스럽고 속 좁은 친구가 싸움을 걸었다. 하일러는 농담을 하며 가만히 서 있다가, 갑자기 오토 벵거의 빰을 때렸다. 두 소년은 뒤엉켜 싸우기 시작했다. 그들은 의자를 넘어뜨리고 마룻바닥을 뒹굴었다. 같은 방 친구들은 두 사람을 지켜보고만 있었다. 그들은 책상과 램프를 멀찍이 치워 놓고, 호기심 어린 표정으로 싸움의 결과를 기다렸다.

잠시 후, 하일러가 비틀거리며 일어섰다. 그의 몰골은 처참했다. 눈은 붉게 충혈되었고, 옷은 찢겨 있었다. 오토 벵거가 다시 덤벼들려고 하자, 하일러는 팔짱을 낀 채 거만하게 말했다.

"나는 그만두겠어. 때리고 싶으면 때려."

오토 벵거는 욕설을 퍼부으면서 밖으로 나가 버렸다. 하일러는 책상에 기댄 채 두 손을 바지 주머니에 찔러 넣었다. 그의 눈에서 갑자기 눈물이 흘러내렸다. 신학교 학생에게 있어서 눈물은 가장 수치스러운 것이었다. 그러나 하일러는 눈물을 감추려고 하지 않았다. 친구들이 그의 주위에 몰려들어 심술궂은 호기심을 드러냈다. 하르트너가 비아냥거렸다.

"하일러, 너는 부끄럽지도 않니?"

하일러는 방금 깊은 잠에서 깨어난 듯한 눈으로 천천히 주위를 둘러보며 말했다.

"부끄럽냐고? 너희들 앞에서? 천만에!"

하일러는 눈물을 닦고 방에서 나갔다.

한스는 싸움이 벌어지는 동안 놀란 눈으로 하일러를 힐끔힐끔 쳐다보기만 했다. 15분쯤 후, 한스는 사라진 친구를 찾아 밖으로 나갔다.

하일러는 어두운 창가에 앉아 회랑을 굽어보고 있었다. 한스가 가까이 다가가자, 그는 고개도 돌리지 않은 채 물었다.

"무슨 일이니?"

"나야."

"왜?"

"아니야, 그냥."

"그래? 그럼 가 봐."

한스는 기분이 상해서 정말 가려고 했다. 그때 하일러가 한스를 붙잡으며 말했다.

"기다려. 그렇게 말하려고 한 게 아니야."

두 소년은 서로의 얼굴을 쳐다보았다. 그들이 처음으로 진지하게 상대방의 얼굴을 본 순간이었다. 하일러는 천천히 팔을 뻗어 한스의 어깨를 잡았다. 그런 다음 서로의 얼굴이 맞닿을 만큼 한스를 끌어당겨 입을 맞추었다. 한스는 깜짝 놀랐다. 그의 가슴은 이상한 느낌으로 두근거렸다. 어두운 곳에서의 입맞춤은 모험

적이고 위험한 일이었다. 누군가에게 들킨다면 끔찍한 상황이 벌어지리라는 생각이 들었다. 두 소년의 입맞춤은 하일러의 눈물보다 훨씬 더 우스꽝스럽고 수치스러운 것이었기 때문이다. 한스는 아무 말도 할 수 없었다. 피가 거꾸로 솟는 듯했고, 당장 그곳에서 도망치고 싶었다.

학생들은 차츰 공동생활에 익숙해졌다. 서로를 이해하면서 우정을 키워 나갔고, 함께 히브리어를 외우거나, 산책을 하거나, 그림을 그리거나, 실러를 읽었다. 라틴어는 잘하지만 수학이 뒤처진 학생은 그 반대인 학생과 함께 서로의 공부를 돕기도 했다. 그런가 하면 물질의 교류에 관심을 갖는 관계도 있었다. 수도원에 온 첫날 다른 아이들의 부러움을 샀던 햄의 소유자는 슈탐하임에서 과수원을 하는 집안의 아들과 친해졌다. 그들은 서로 햄과 사과를 바꾸어 먹기로 했다. 이런 관계는 취미나 호감 등을 바탕으로 맺어진 우정보다 더 오래 지속되었다. 한편 끝까지 외톨이로 남은 경우도 있었다. 루치우스가 그중 한 사람이었다. 예술에 대한 그의 탐욕스러운 집착은 그 무렵 절정에 달해 있었다.

서로 어울리지 않는 친구 관계도 있었다. 하일러와 한스의 경우가 그랬다. 그것은 자유분방한 소년과 고지식한 소년, 시인과 성실한 소년의 만남이었다. 두 사람 모두 영리하고 재능이 뛰어난 학생으로 인정받고 있었다. 그러나 하일러는 천재라는 조롱 섞인 평가를 듣는 반면, 한스는 모범 소년으로 꼽히고 있었다. 주위에서는 이들에게 별 관심이 없었다. 각자 나름대로의 우정을 유지하는 것과 해야 할 일에 바빴기 때문이다.

그러나 이러한 개인적 관심과 관계 때문에 공부를 소홀히 하는 학생은 없었다. 신학교는 하나의 커다란 오케스트라처럼 조화를 이루고 있었다. 루치우스의 음악과 하일러의 시, 우정과 다툼은 사소한 일부분에 지나지 않았다. 학생들을 가장 많이 괴롭힌 것은 히브리어였다. 이 이상한 언어는 학생들에게 낯선 수수께끼처럼 여겨졌다. 무시무시한 용, 동화 속 요정, 아름다운 소년과 깊은 눈동자를 가진 소녀, 백발의 노인과 용감한 여인 등이 놀라움으로 다가왔다. 루터의 성서 속에 잠들어 있던 순수하고 거친 언어들이 을씨년스러운 생명력을 가지고 되살아난 것이다. 하일러에게는 특히 그랬다. 그는 구약 성서를 매일 매시간 저주했으나, 거기서 다른 학생들보다 더 많은 영혼과 생명을 발견하고 받아들였다.

그에 비해 신약 성서는 한결 쉽고 밝았으며 깊이가 있었다. 그리고 젊고 열정적이며 환상적인 정신을 가득 담고 있었다. 한편《오디세이》는 힘차고 균형 잡힌 시구들로 이루어져 있었으며, 지금은 사라져 버린 행복한 삶을 떠오르게 했다.

한스는 모든 것을 다른 관점으로 보는 하일러에게 놀랐다. 하일러에게는 상상의 색깔로 그릴 수 없는 것은 아무것도 없었다. 그리고 그는 내키지 않는 것은 단번에 팽개쳐 버렸다. 한스와 하일러의 우정은 남달랐다. 하일러에게 있어서 우정은 오락이며 변덕스러운 즐거움을 주는 것이었다. 하지만 한스에게 우정은 자랑스러운 보물이면서 감당하기 버거운 짐이기도 했다. 지금까지 한스는 저녁 시간을 공부하면서 보냈다. 그런데 하일러는 매일 한스에게 와서 책을 뺏고는 함께 놀기를 원했다. 한스는 하일러를 좋아했지만, 이제는 그가 오는 것이 두려웠다. 그 때문에 다른 친구들에게 뒤떨어질까 봐 자습 시간에는 더욱 열심히 공부했다. 그런데 하일러의 다음과 같은 비웃음은 한스를 더욱 괴롭게 했다.

"그것은 날품팔이들이나 할 짓이야. 네가

하고 싶어서 하는 게 아니잖아. 아버지와 선생님이 두려운 거겠지. 도대체 1등이 무슨 소용이니? 나는 20등이지만 너희들처럼 어리석지는 않아."

한스는 하일러가 교과서를 어떻게 대하는지를 알게 되었을 때 깜짝 놀랐다. 언젠가 하일러의 지도책을 빌려 보게 되었는데, 책에는 온통 연필로 낙서가 되어 있었다. 피레네 반도의 서해안에는 괴상한 얼굴이 그려져 있었고, 군데군데 잉크 자국과 함께 대담하고 익살스러운 시가 적혀 있기도 했다. 한스는 책을 보물처럼 소중하게 여겨 왔다. 그의 눈에 비친 하일러의 행동은 신성한 것에 대한 모독임과 동시에 어떤 영웅적인 행위라는 느낌을 주었다.

하일러에게 있어서 착한 한스는 장난감이나 애완동물과 같은 존재였는지도 모른다. 한스 자신도 그렇게 느낄 때가 있었다. 하일러는 필요에 의해 한스에게 애정을 보였다. 그는 자기의 속마음을 털어놓을 수 있고 자기의 말에 귀를 기울여 줄 누군가를 원했던 것이다. 하일러는 학교와 삶에 대해 함부로 이야기를 해도 말없이 들어 줄 사람, 우울한 기분이 들 때 자신을 따뜻하게 위로해 줄 사람이 필요했다.

이런 성향을 지닌 사람들이 보통 그러하듯, 이 젊은 시인도 우울증에 시달렸다. 어린 시절에서 벗어나려는 시기의 알 수 없는 충동과 열정 때문이었다. 하일러는 병적으로 누군가의 동정과 위로를 받고 싶어 했다. 예전에는 어머니의 사랑이 그 자리를 채워 주었다. 그리고 아직 여자들과 사랑을 나눌 만큼 성숙하지 못한 지금은 착한 친구가 유일한 상대였다. 저녁 무렵 하일러는 종종 우울한 모습으로 한스를 찾아왔다. 그는 공부하고 있는 한스에게 함께 나가자고 졸랐다. 두 소년은 차가운 침실이나 어두운 예배당에서 나란히 걷거나, 추위에 떨면서 창가에 앉아 있었다. 그럴 때면 하일러는 하이네의 시를 읽는 서정적인 소년답게 감상적인 슬픔에 휩싸였다.

한스는 그런 하일러의 모습을 잘 이해할 수 없었지만, 알 수 없는 감동에 젖어 그 기분에 전염되곤 했다. 하일러의 감수성은 흐린 날 절정에 달했다. 그런 날이면 그는 슬픔과 근심에 젖어 한스에게 우울한 이야기와 시를 쏟아냈다.

한스는 하일러의 이런 행동에 괴롭힘을 당하면서도, 남은 시간에는 공부에 온 힘을 다했다. 그러나 공부는 점점 힘들어졌고 예전의 두통이 다시 생겼다. 그리고 피곤해서 쉬어야 할 때도 공부를 해야 한다는 조급한 생각 때문에 마음이 불편했다.

한스는 독특한 친구와의 우정이 자신을 지치게 하고 순수한 영혼을 병들게 한다는 사실을 어렴풋이 깨달았다. 하지만 우울한 하일러를 보면 애처로운 마음이 들었다. 또한 자신이 그 친구에게 꼭 필요한 존재라는 생각이 들어 정겨움과 자랑스러운 기분을 느끼기도 했다. 한스는 하일러의 병적인 우울증이 자신이 감탄하는 그의 본모습은 아니라고 생각했다. 하일러가 자신이 지은 시를 낭송하거나, 시인의 이상에 대해 이야기하거나, 실러와 셰익스피어의 독백을 열정적으로 읊을 때면, 한스는 그에게서 자기가 가지지 못한 매력을 느꼈다. 마치 하일러가 불타는 열정과 자유를 안고, 호머의 천사처럼 발에 달린 날개를 퍼덕여, 자신과 친구들로부터 멀어져 허공을 떠도는 것처럼 느꼈던 것이다. 예전에 한스는 시인의 세계를 잘 알지 못했으나, 이제는 아름다운 언어, 신비롭고 매혹적인 비유를 가슴 깊이 받아들이게 되었다. 한스에게 있어서 새롭게 다가온 세계와 친구에 대한 존경심은 떼어 낼 수 없는 감정으로 자리 잡았다.

어느덧 11월이 되었다. 이제 램프를 켜지

않고 공부할 수 있는 시간이 그리 길지 않았다. 어두운 밤에는 폭풍우가 몰아쳐 낡은 수도원 건물을 마구 두들겨 대기도 했다. 그럴 때면 나뭇잎이 떨어져 흩날리고, 숲의 제왕인 떡갈나무만이 시들어 가는 잎들을 요란하게 흔들였다. 더욱 우울해진 하일러는 한스에게도 오지 않았다. 그는 연습실에서 거칠게 바이올린을 켜거나 친구들과 싸우기도 했다. 어느 날 저녁, 하일러가 연습실에 갔을 때 루치우스가 바이올린 연습에 열중하고 있는 것을 보았다. 하일러는 화가 나서 밖으로 나왔다. 30분 후에 다시 들어갔을 때도 루치우스는 여전히 연습에 몰두해 있었다. 하일러는 참지 못하고 쏘아붙였다.

"그만 좀 하지? 다른 사람도 연습을 해야 할 거 아냐. 게다가 네 바이올린 소리를 듣는 것은 괴로움 그 자체야."

루치우스는 하일러의 말에 개의치 않았다.

루치우스가 다시 바이올린을 켜기 시작하자, 화가 난 하일러는 보면대를 발로 걷어차 버렸다. 악보는 사방으로 흩어졌고, 보면대는 루치우스의 얼굴에 부딪쳤다. 루치우스가 악보를 주우면서 단호하게 말했다.

"교장 선생님께 일러바칠 테야."

"맘대로 해. 이왕이면 엉덩이도 걷어차였다고 말하렴."

하일러는 씩씩거리면서 이렇게 말하고는 루치우스의 엉덩이를 걷어차려고 했다. 루치우스는 재빨리 피한 후 밖으로 뛰어나갔고, 하일러는 그를 뒤쫓았다. 쫓고 쫓기는 추격전은 복도와 계단, 현관을 지나 수도원의 가장 먼 곳까지 이어졌다. 그곳에는 조용하고 우아한 교장 선생님의 저택이 있었다. 마침내 하일러는 그 저택의 문 앞에서 루치우스를 붙잡았고, 동시에 루치우스가 문을 두들겼다. 루치우스가 열려 있는 문 안으로 뛰어드는 순간, 하일러가 그의 엉덩이를 걷어찼다. 루치우스는 문을 닫지도 못한 채 신성불가침한 공간으로 총알처럼 뛰어 들어갔다.

이런 일은 수도원이 생긴 이래 처음 있는 일이었다. 다음 날 아침, 교장 선생님은 학생들이 모두 모인 자리에서 하일러의 잘못된 행동을 지적했다. 루치우스는 교장 선생님의 연설을 들으면서 마음속으로 박수를 쳤다. 하일러에게는 근신령이 내려졌다. 교장 선생님이 하일러에게 호통을 쳤다.

"우리 학교에서 이런 일이 벌어진 것은 처음이다. 네가 10년이 지나도 잊지 못하도록 해주겠다. 너는 학생들에게 본보기가 될 것이다."

학생들은 겁먹은 얼굴로 하일러를 힐끔힐끔 쳐다봤다. 하일러는 창백한 얼굴을 하고 있었지만, 반항이라도 하듯이 교장 선생님의 시선은 피하지 않았다. 마음속으로 하일러의 용기에 박수를 보내는 학생들도 있었다. 교장 선생님의 연설이 끝나고 학생들이 왁자지껄하게 떠들면서 복도로 빠져나간 뒤, 하일러는 버림받은 문둥병 환자처럼 홀로 남겨졌다. 그 순간 그의 편이 되어 주려면 많은 용기가 필요했다. 그러나 한스는 하일러의 편을 드는 것이 친구의 도리라고 생각하면서도 용기를 내지 못했다. 한스는 자신의 비겁한 행동이 부끄러워 고개를 들 수 없었다.

수도원에서의 근신령은 오랫동안 낙인이 찍히는 것과 같았다. 하일러에게 늘 감시의 눈길이 따라다니게 되는 것이다. 그리고 그런 친구와 어울리는 사람 또한 나쁜 평가를 받게 된다. 한스는 친구와의 우정과 학생으로서의 본분 사이에서 갈등했다. 그의 목표는 남보다 앞서는 것이었으며, 좋은 성적을 올리고 성공한 인물이 되는 것이었다. 그것은 결코 감상적이거나 위험한 목표가 아니었다. 한스는 두려움에 떨면서 방에 틀어박혀 있었다. 지금이라도 용기를 내어 하일러에게 달려갈 수도 있었지만, 시간이 흐를수록 점점 어려워졌다. 한스는 이미 확실한 배신자가 되어 있었던 것이다.

하일러는 모두가 자기를 피한다는 사실은 인정했지만, 한스만은 그렇지 않을 거라고 믿었었다. 그리고 지금 느끼는 슬픔과 분노에 비한다면 그동안의 감상적인 슬픔은 시시하게 여겨졌다. 하일러는 한스의 옆에 멈추어 서서 차갑고 건방지게 말했다.

"비겁한 놈 같으니라고. 이 더러운 자식!"

하일러는 이렇게 말한 후, 두 손을 바지 주머니에 찔러 넣은 채 휘파람을 불며 가 버렸다. 며칠 후 갑자기 눈이 쏟아졌다. 그러다가 날이 맑게 개더니 추운 겨울이 시작되었다. 학생들은 눈싸움을 하고 스케이트를 탔다. 그리고 곧 시작될 겨울 방학과 크리스마스에 대해서도 이야기를 나누었다. 그러는 사이 하일러의 일은 점점 잊혀 갔다.

하일러는 반항적인 표정을 하고는 머리를 꼿꼿하게 쳐들고 다녔다. 그리고 어느 누구와도 말을 하지 않았다. 그는 가지고 다니는 수첩에 시를 쓰기도 했는데, 수첩의 표지에는 '어느 수도사의 노래'라는 제목이 적혀 있었다. 떡갈나무와 오리나무, 개암나무와 버드나무에 서리와 눈송이가 얼어붙어 환상적인 모습을 만들어 냈다. 호수에서는 얼음이 얼어 쩡쩡거리는 소리가 들려왔고, 수도원의 안뜰은 대리석 정원과 같이 싸늘했다. 방마다 축제 분위기와 같은 흥분으로 가득했다. 엄격한 선생님들의 얼굴에서도 곧 크리스마스를 맞이한다는 기쁨이 묻어났다. 크리스마스에 관심이 없는 사람은 아무도 없었다. 하일러의 우울했던 얼굴도 어느 정도 밝아져 있었다.

루치우스는 방학 때 집에 가지고 갈 책과 신발을 고르느라 생각이 많았다. 그의 집으로부터 온 편지에는 가슴을 설레게 하는 말들이 잔뜩 적혀 있었는데, 가족들은 원하는 선물을 묻기도 하고, 과자를 굽는 날짜를 알려 주기도 하고, 다시 만날 날에 대한 기쁨을 표현하기도 했다.

'헬라스' 방 소년들은 방학을 보내기 위해 집으로 떠나기 전에 즐거운 사건을 준비했다. '헬라스' 방에서 열릴 크리스마스 축제에 모든 선생님들을 초대하기로 한 것이다. 축사, 두 편의 시 낭송, 플루트 연주, 바이올린 이중주가 준비되었다. 이와 함께 재미있는 순서를 마련하려고 했으나 그럴싸한 생각이 떠오르지 않았다. 그때 카를 하멜이 루치우스의 바이올린 연주를 생각해 냈고 모두가 찬성했다. 친구들의 아원과 협박에 못 이겨 그 가엾은 연주자는 결국 연주를 하기로 했다. 선생님들에게 보낸 정중한 초대장에는 특별 순서에 대한 다음과 같은 소개의 글이 적혀 있었다.

'고요한 밤에 울려 퍼지는 바이올린 선율,

음악의 거장 루치우스의 연주.'

교장 선생님과 많은 선생님들이 축제에 참석했다. 하르트너에게 빌린 검은색 예복을 입은 루치우스가 단정하게 빗은 머리를 하고 점잖은 미소를 띠면서 무대에 등장했다. 음악 선생님의 이마에는 벌써 진땀이 흐르기 시작했다. 청중들은 루치우스가 인사하는 모습만 보고도 웃음을 터뜨렸다. 가곡 '고요한 밤'은 루치우스의 손가락 끝에서 애절한 슬픔이 되고 고통 속에서 울부짖는 신음소리가 되었다. 그는 연주를 두 번이나 다시 시작했다. 하지만 곡의 선율은 끊어지기를 반복했다. 그는 발로 박자를 맞추면서, 숲에서 일하는 나무꾼처럼 땀을 뻘뻘 흘렸다. 음악 선생님은 화가 나다 못해 얼굴이 창백해졌다. 교장 선생님은 그 모습을 보며 재미있다는 듯이 머리를 끄덕였다. 루치우스의 세 번째 연주 역시 실패로 끝이 났다. 그는 마침내 바이올린을 내려놓고 청중들을 향해 변명을 하기 시작했다.

"잘되지 않네요. 지난가을에 처음으로 바이올린을 배우기 시작했거든요."

그러자 교장 선생님이 큰 소리로 말했다.

"잘했다, 루치우스! 우리는 네가 보여 준 노력에 대해 고맙게 생각한단다. 계속 열심히 하렴. 많은 땀을 흘려야 찬란한 별에 도달할 수 있단다."

12월 24일에는 새벽 3시부터 방마다 활기가 넘쳤다. 유리창에는 나뭇잎 모양의 얼음이 얼어 있었고, 욕실의 물도 얼어붙었다. 수도원의 뜰에는 살을 에는 듯한 찬바람이 불었다. 하지만 아무도 개의치 않았고, 식당의 큰 주전자에서는 물이 끓고 있었다. 학생들은 외투를 입고 목도리를 두른 채 무리를 지어 길을 나섰다. 그들은 눈 덮인 들판과 고요한 숲길을 지나 멀리 떨어져 있는 기차역을 향해 걸어갔다. 모두들 농담을 하고 즐겁게 웃었으며, 마음속에는 즐거움과 기대가 가득했다. 도시와 시골 할 것 없이, 가족들이 멋진 크리스마스 장식을 한 따뜻한 집에서 그들을 기다리고 있음을 잘 알고 있었기 때문이다. 대부분의 학생들은 처음으로 멀고 낯선 곳에서 고향으로 돌아가는 경험을 하게 되었고, 가족들은 사랑과 자부심을 가지고 그들을 기다렸다.

학생들은 눈 덮인 숲속에 위치한 작은 기차역에서, 무시무시한 추위에 떨며 기차를 기다렸다. 그러나 모두가 이렇게 한마음으로 즐거운 것은 처음이었다. 하일러만이 친구들로부터 멀리 떨어져서 말없이 서 있었다. 이윽고 기차가 도착했다. 하일러는 친구들이 모두 기차에 오른 뒤 혼자 다른 칸에 올라탔다. 한스는 다음 역에서 기차를 바꿔 타면서 하일러를 한 번 쳐다보았다. 한스는 부끄럽고 안타까운 마음이 들었으나, 고향에 간다는 흥분과 기쁨이 더 컸다. 한스가 집에 도착하자, 아버지가 흐뭇한 미소로 그를 맞이했다. 책상에는 선물이 가득 쌓여 있었다. 한스의 집에 크리스마스다운 분위기는 없었다. 노래와 축하, 크리스마스트리도 없었다. 아버지는 축제를 즐길 줄 몰랐기 때문이다. 하지만 아버지는 선물에 인색하지는 않았다. 한스는 이런 크리스마스에 익숙했기 때문에 아쉬움은 없었다.

마을 사람들은 여위고 창백한 한스의 건강을 염려했다. 신학교의 음식이 형편없는지를 묻기도 했다. 한스는 가끔 머리가 아플 뿐이라고 대답했다. 마을 목사는 자기도 젊었을 때 두통이 심했었다면서 한스를 위로했다. 매끈하게 얼어붙은 강은 스케이트 타는 사람들로 붐볐다. 한스는 새 옷을 입고 신학교의 초록색 모자를 쓰고 하루 종일 돌아다녔다. 그는 고향 친구들이 부러워하는 세계에 우뚝 서 있었다.

제4장

몇몇 학생들은 4년의 신학교 생활 도중에 사라지고 만다. 누군가는 죽어서 땅에 묻히거나 고향집으로 보내진다. 그리고 더러는 신학교에서 도망을 치기도 하고, 큰 잘못을 저질러 퇴학을 당하기도 한다. 또 매우 드문 경우지만, 청춘의 괴로움에 빠져 자기 머리에 권총을 쏘거나 물에 빠져 자살함으로써 고통에서 벗어나려는 학생도 있다.

한스와 같은 학년에서도 몇 명의 학생이 사라졌다. 그런데 이상하게도 모두 '헬라스' 방 친구들이었다. '헬라스' 방 학생들 가운데 작고 얌전한 소년이 한 명 있었다. 이름이 힌딩거인 그 소년은 힌두라는 애칭으로 불리기도 했다. 그는 알고이 지방의 양복점 집 아들이었다. 그는 몹시 조용한 학생이었는데, 힌딩거가 사라진 뒤에야 잠시 사람들 입에 오르내릴 정도였다. 그는 루치우스의 짝이어서 루치우스와 조금 가깝게 지냈을 뿐, 친한 친구가 한 명도 없었다. 힌딩거가 사라지고 나서야 비로소 '헬라스' 방의 친구들은 착하고 조용한 그를 좋아했었다는 사실을 깨달았다.

1월의 어느 날, 힌딩거는 스케이트를 타러 가는 친구들과 함께 연못으로 갔다. 그는 스케이트가 없었지만 구경이라도 할 생각이었다. 그러나 이내 추위를 느끼게 되자 발을 구르며 연못 주위를 서성거렸다. 그는 그렇게 걷다가 가까이에 있는 연못에 이르렀다. 그 연못에서는 따뜻한 물이 솟아올랐기 때문에 얼음이 얇게 얼어 있었다. 그는 갈대를 헤치고 연못으로 들어갔다. 그런데 그만 얼음이 깨지며 물속에 빠지고 말았다. 그는 발버둥 치며 소리를 쳤다. 그러나 아무도 그 소리를 듣지 못했고, 결국 그는 차가운 연못 속으로 가라앉았다.

학생들은 오후 수업이 시작되는 2시가 되어서야 힌딩거가 없어진 사실을 알아차렸다. 선생님이 물었다.

"힌딩거는 어디 있니?"

아무도 대답하지 못하자, 선생님이 다시 말했다.

"'헬라스' 방에 가 보아라."

하지만 그곳에서도 그는 보이지 않았다. 선생님이 말했다.

"좀 늦는 모양이구나. 그냥 시작하도록 하자. 74쪽 7구절을 보렴. 다시는 이런 일이 없도록 해라. 시간은 지켜야지."

그런데 힌딩거는 오후 3시가 되어도 나타

나지 않았다. 걱정이 된 선생님은 학생을 보내 교장 선생님께 이 사실을 알렸다. 교장 선생님은 즉시 교실로 달려와 이것저것 물어보았다. 그는 두 명의 선생님과 열 명의 학생들을 보내 힌딩거를 찾아보도록 했다. 나머지 학생들은 교실에 남아 자습을 했다. 오후 4시경에 선생님 한 명이 교실로 들어와 교장 선생님에게 귓속말을 했다. 잠시 후 교장 선생님이 말했다.

"조용!"

교장 선생님의 외침에 학생들은 숨을 죽였다. 교장 선생님은 목소리를 낮추어 말했다.

"여러분의 친구 힌딩거는 연못에 빠진 것 같다. 여러분도 그를 찾는 일에 나서야겠다. 마이어 선생님이 이끌 테니 지시를 잘 따르도록! 절대 제멋대로 행동해서는 안 된다!"

학생들은 겁먹은 얼굴로 수군거리면서 마이어 선생님의 뒤를 따랐다. 마을에서도 어른들이 밧줄과 널빤지, 막대기 등을 들고 와서 일행에 합류했다. 날이 몹시 추웠고, 해는 이미 숲 가장자리까지 기울어 있었다. 뻣뻣하게 굳은 작은 소년의 시체가 발견되어 눈 덮인 갈대숲에서 들것에 실렸을 때는 이미 짙은 어둠이 깔린 뒤였다. 학생들은 놀란 새처럼 시체 주위에 몰려들어 파랗게 언 손을 비벼 댔다. 학생들은 말없이 친구의 시체를 따라갔다. 그들의 가슴은 놀라움 때문에 꽉 막혀 있었다. 추위와 슬픔에 떠는 학생들 틈에서, 한스는 우연히 하일러와 나란히 걷게 되었다. 두 사람은 돌부리에 차여 넘어질 뻔했을 때에야 서로의 존재를 알아차렸다. 한스는 그 갑작스러운 죽음을 목격하고 충격을 받은 나머지, 자신의 이기적인 삶이 허무하게 느껴졌다. 가까이에서 하일러의 창백한 얼굴을 보니 더욱 괴로운 마음이 들었다. 한스는 친구의 손을 잡으려고 했으나, 하일러는 그의 손을 뿌리치고 일행을 따라갔다. 한스는 몹시 부끄럽고 슬펐다. 추위에 언

차가운 뺨 위로 하염없이 눈물이 흘렀다. 들것에 실려 가는 시체가 하일러인 것처럼 느껴지기도 했다. 마치 하일러가 한스의 배신에 대한 분노를 안고, 성공보다는 양심이 앞서는 세상으로 가는 것처럼 여겨졌다.

일행은 수도원에 도착했다. 교장 선생님을 포함하여 모든 선생님들이 힌딩거의 시체를 맞이했다. 그 아이가 살아 있을 때는 누리지 못한 영광이었다. 선생님들은 살아 있는 학생을 대할 때와는 다른 눈으로 죽은 학생을 바라보았다. 평소에 함부로 상처를 주었던 젊음의 가치를 되새겨 보는 듯했다. 그날 저녁도, 다음날에도, 눈에 띄지는 않지만 시체가 가까이 있다는 사실이 마법 같은 효력을 발휘했다. 학생들의 행동은 부드럽고 조심스러웠다. 싸움이나 화를 내는 것, 소란스러움과 웃음이 사라졌다. 짧은 기간 동안, 물의 요정이 수면 아래로 사라진 것처럼 숨죽인 잔잔함이 이어졌다. 학생들은 죽은 친구에 대해 이야기할 때, 반드시 그의 이름을 불렀다. 힌딩거라는 이름 대신 힌두라는 별명을 부르는 것이 예의에서 벗어나는 것처럼 여겨졌기 때문이다. 눈에도 띄지 않고 관심 밖에 놓여 있었던 힌딩거가 지금은 자신의 이름으로 수도원을 가득 채우고 있었다.

이튿날 힌딩거의 아버지가 도착했다. 그는 아들이 누워 있는 방에서 두세 시간 동안 혼자 있었다. 그는 교장 선생님에게 차를 대접받고 별장에서 하룻밤을 묵었다. 다음 날 장례식이 치러졌다. 관은 침실에 안치되어 있었는데, 힌딩거의 아버지는 그 옆에 서서 모든 것을 지켜보았다. 그는 비쩍 마른 몸에 검푸른색 예복을 입고 낡은 모자를 손에 들고 있었다. 그의 작고 메마른 얼굴은 바람에 흔들리는 촛불처럼 초라하고 우울해 보였으며, 그는 교장 선생님과 여러 선생님들 앞에서 어쩔 줄을 몰라 했다.

이윽고 관이 옮겨지려 할 때, 슬픔에 잠긴 힌딩거의 아버지는 다시 한 번 관 뚜껑을 어루만졌다. 그는 눈물을 참으며 휑한 겨울나무처럼 서 있었다. 모든 희망을 잃은 듯한 절망적인 모습이었다. 목사가 그의 손을 잡아 주었다. 잠시 후 힌딩거의 아버지는 낡은 모자를 쓰고 일행의 맨 앞에 서서 관을 따라 나섰다. 일행은 계단을 내려와 수도원의 뜰과 낡은 문을 지나 눈 덮인 들판 너머의 묘지로 향했다. 학생들은 무덤가에서 음악 선생님의 지휘에 맞추어 찬송가를 불렀다. 그들은 노래를 하는 동안 음악 선생님의 손이 아니라 슬픔에 잠긴 친구의 아버지를 보고 있었다. 힌딩거의 아버지는 고개를 숙인 채 교장 선생님과 학생 대표의 조사를 들었다. 그는 이따금 외투 소매에 넣어 둔 손수건을 만지작거렸지만 꺼내지는 않았다. 나중에 오토 하르트너가 그 장례식과 관련하여 다음과 같이 말한 적이 있었다.

"만약 그 자리에 내 아버지가 계셨다면 어땠을까 하는 생각이 들었어."

그러자 모든 학생들이 맞장구를 치며 말했다.

"맞아, 나도 그런 생각을 했어."

장례식이 끝난 뒤, 교장 선생님이 힌딩거의 아버지와 함께 '헬라스' 방으로 들어왔다. 교장 선생님이 물었다.

"너희들 중 힌딩거와 친했던 사람이 누구니?"

처음에는 아무도 대답하지 않았다. 힌딩거의 아버지가 불안한 표정으로 학생들을 둘러보고 있을 때 루치우스가 앞으로 나섰다. 힌딩거의 아버지는 말없이 루치우스의 손을 잡고서 고개를 끄덕이고는 밖으로 나갔다. 그는 수도원을 떠나 눈 덮인 겨울 들판을 달려 고향에 도착한 후, 아내에게 아들이 어디에 묻혔는지를 말해 줄 것이다.

얼마 지나지 않아 수도원을 휘감았던 마법의 힘이 사라졌다. 선생님들의 꾸짖는 소리와 학생들이 문을 여닫는 소리가 커졌다. 사라진 '헬라스' 방 친구의 기억은 희미해져 갔다. 몇몇 학생들은 슬픔으로 가득 찬 연못가를 오랫동안 서성이다가 감기에 걸렸다. 그들은 병실에 누워 있거나 털목도리를 두르고 다녔다. 한스는 아프지는 않았지만, 불행했던 그날 이후 더욱 진지하고 성숙해 보였다. 그의 마음속에서 일어난 커다란 변화는 그를 소년에서 청년으로 바꾸어 놓았다. 그의 영혼은 낯선 세계에서 불안하게 떠돌았다. 죽음에 대한 두려움이나 힌딩거에 대한 애도 때문이 아니라, 갑자기 되살아난 하일러에 대한 죄의식 때문이었다.

하일러는 두 명의 학생들과 함께 병실에 누워 있었다. 그는 그곳에서 힌딩거의 죽음을 보며 느낀 점을 정리하고, 훗날 시를 쓰기 위한 생각의 시간을 가졌다. 그러나 하일러에게 이런 행동들이 중요한 것 같지는 않았다. 그는 병실에 함께 있는 친구들과 말 한마디 나누지 않았다. 근신령은 그에게 고독을 강요했다. 그리하여 누군가 말을 나눌 상대를 절실하게 필요로 했던 그의 예민한 감수성은 크게 상처를 받았다.

선생님들은 하일러를 문제 학생으로 단정하고 감시의 눈길을 거두지 않았다. 또한 다른 학생들도 그를 피했고, 사감 선생님은 그에게 조롱 섞인 친절을 베풀었다. 하일러의 수첩 '어느 수도사의 노래'는 처음에는 세상일을 피한 채 숨어 지내는 사람의 우울함을 담고 있었다. 그러던 것이 차츰 수도원과 선생님들, 학생들에 대한 증오심으로 가득 찼다. 하일러는 고독에 싸여 지독하게 경멸에 찬 시를 쓰면서, 영웅적인 풍자 시인이라도 된 듯한 기쁨을 맛보았다.

장례식이 끝난 지 일주일이 지났다. 다른

학생들은 모두 퇴원하고 병실에는 하일러만 남아 있었다. 그때 한스가 그를 찾아왔다. 한스는 어색하게 인사를 건넨 후, 의자를 침대 가까이로 당겨 앉았다. 한스가 하일러의 손을 잡으려 하자, 하일러는 불쾌한 표정을 짓더니 벽을 향해 몸을 돌려 버렸다. 한스는 물러서지 않고 친구의 손을 잡고는 친구의 얼굴을 자기 쪽으로 돌리려고 손에 힘을 주었다. 하일러는 입술을 비쭉거리며 화가 난 듯이 물었다.

"도대체 왜 이러는 거니?"

한스는 그의 손을 놓지 않은 채 말했다.

"너 말 좀 들어 봐. 그때 나는 비겁하게 널 모른 척했어. 하지만 너도 나를 잘 알잖아. 내 목표는 좋은 성적으로 1등을 하는 것이었어. 너는 그런 나를 공부벌레라고 비웃었지. 그렇지만 그것만이 나의 꿈이었어. 그것보다 더 나은 것이 있으리라고는 생각할 수 없었어."

하일러는 눈을 감았다. 한스는 낮은 목소리

로 계속 말했다.

"정말 미안해. 내가 다시 너의 친구가 될 수 있을지는 모르겠지만, 어쨌거나 나를 용서해 줘."

하일러는 말없이 눈을 감고 있었다. 그는 마음속으로 한스를 향한 기쁨의 미소를 짓고 있었다. 그렇지만 무뚝뚝함과 고독에 익숙해진 하일러는 속마음을 겉으로 드러내지 않았다. 한스가 다시 말했다.

"제발 부탁이야. 이렇게 네 주변을 맴돌 바에는 차라리 꼴찌를 하는 게 낫겠어. 너만 괜찮다면 우리는 다시 친구가 될 수 있어. 우리에게 다른 친구는 필요 없다는 것을 모두에게 보여 주자."

그제야 하일러는 눈을 뜨고 한스의 손을 힘주어 잡았다. 며칠 후 하일러도 병실에서 나왔다. 학교에서는 두 사람이 우정을 회복한 일로 적지 않은 흥분이 일어났다. 그리고 한스와 하일러이게 놀라운 날들이 시작되었다. 둘 사이에는 특별한 행복감과 일체감이 생겨났다. 두 소년은 서로 떨어져 있는 사이 변화되어 있었다. 한스는 부드럽고 따뜻하면서도 열정적으로 변했으며, 하일러는 강인한 사나이가 되어 있었던 것이다. 사실 두 사람은 떨어져 있는 동안에도 서로를 그리워했으며, 그랬기에 되살아난 우정은 더욱 소중했다.

성숙한 두 소년은 가슴 벅찬 우정 속에서 수줍음을 느끼며, 어렴풋이 첫사랑의 달콤함을 맛보았다. 이들의 결합은 남자다운 거친 매력을 풍겼으며, 다른 친구들에 대한 반항심까지 닫고 있었다. 친구들은 하일러를 피했고 한스를 이해하지 못했다. 그렇지만 둘의 우정은 여전히 소년다운 모습을 지니고 있었다. 한스는 하일러와의 우정이 깊어질수록 학교와 멀어져 갔다. 새로운 기쁨이 신선한 포도주처럼 온몸에 스며들었고, 리비우스와 호머는 시시해졌다. 모범생이었던 한스가 하일러의 영향을 받아 문제 학생으로 변하자, 선생님들은 놀라움을 감추지 못했다.

선생님들이 걱정하는 것은 청년기가 시작될 무렵에 나타나는 조숙한 소년들의 이상한 기질이었다. 선생님들은 처음부터 하일러의 천재적 기질을 불안하게 여기고 있었다. 천재와 선생님은 서로를 불신하기 마련이다.

그리고 천재는 선생님에게 반항적이기 쉽다. 열네 살에 담배를 피우고, 열다섯 살에 연애를 하고, 열여섯 살에는 술집을 드나드는 것이다. 또한 금지된 책을 읽고 대담한 글을 쓰기도 한다. 그래서 천재는 일찌감치 선생님으로부터 근신령을 받게 될 후보자로 점찍히곤 한다.

선생님들은 자기 반에 한 명의 천재보다 열 명의 보통 학생들이 들어오기를 바란다. 선생님의 역할은 빗나간 학생을 기르는 것이 아니라, 라틴어와 수학을 잘하는 성실한 인간을 키워 나는 것이기 때문이다.

진정한 천재는 반항의 시기를 거쳐 선생님들이 놀랄 만한 훌륭한 업적을 남긴다. 그는 죽어서도 고귀한 인물로 기억됨으로써 후세의 젊은이들에게 위대한 본보기가 되는 것이다. 이처럼 학교에서는 해마다 규칙과 자유의 충돌이 되풀이된다. 국가와 학교는 천재적인 학생을 억제하기 위해 갖은 노력을 기울인다. 그렇지만 선생님들에게 미움을 받고 학교에서 쫓겨난 천재들이 훗날 우리의 정신을 풍요롭게 해 주는 훌륭한 인물이 되기도 한다. 그리고 어떤 경우에는 반항심에 사로잡혀 자신을 망가뜨리고 파멸에 이르기도 한다. 이러한 천재들의 숫자가 얼마나 되는지는 아무도 모른다.

선생님들은 한스와 하일러의 관계가 위험하다고 보고, 오랫동안 유지되어 온 학교의 규칙에 따라 그들을 엄하게 다스렸다. 오직 교장 선생님만이 히브리어 공부에 열심이었던 한스를 어여삐 여겨 구제를 시도했다. 그는 한스를 교장실로 불렀다. 교장 선생님은 뛰어난 인물로서, 지식수준과 업무 능력이 탁월했다. 그는 학생들에게 친근감을 느끼고 있었기 때문에 반말을 하곤 했다. 그의 결점은 지나친 자부심이었다. 그래서 그는 종종 과장된 연설을 했다. 또한 자신의 권위가 손상되는 것을 조금도 참지 못했다. 다른 사람의 의견을 무시했고, 자신의 잘못을 인정할 줄도 몰랐다. 소심하고 수동적인 학생은 교장 선생님과 별문제가 없었으나, 용기 있고 정직한 학생은 그렇지 못했다. 만약 누군가 이의를 제기하면, 교장 선생님은 즉시 흥분했다. 어쨌거나 그는 아버지와 같은 자상한 역할에는 능숙했다. 이번에도 그는 그의 그런 역할을 하고자 했다. 교장 선생님이 말했다.

"자리에 앉으렴, 한스야."

교장 선생님은 멈칫거리며 교장실로 들어서는 한스의 손을 힘주어 잡고는 다정하게 말을 이어갔다.

"너와 이야기 좀 나누고 싶구나. 반말을 해도 괜찮지?"

"물론입니다. 교장 선생님."

"한스야, 요즘 네 성적이 떨어졌더구나. 적어도 히브리어에서는 말이야. 줄곧 1등이던 너의 히브리어 성적이 떨어진 것은 정말 유감스러운 일이구나. 히브리어에 흥미를 잃은 거니?"

"아닙니다. 교장 선생님."

"잘 생각해 보렴. 그럴 수도 있으니까. 아니면 다른 과목에 더 신경을 쓰고 있니?"

"그렇지 않습니다."

"그래? 그렇다면 다른 데 원인이 있는 모양이구나."

"잘 모르겠습니다. 숙제를 빼먹은 적도 없거든요."

"그렇겠지. 지금까지 너는 숙제를 잘해 왔어. 그건 너의 의무이기도 하니까. 하지만 전에는 그 이상의 노력을 했었지. 성적도 더 좋았고 말이야. 그런데 왜 갑자기 공부에 대한 열정이 식었을까? 혹시 어디 아프니?"

"아닙니다."

"두통은? 건강이 좋아 보이지는 않는구나."

"머리는 가끔 아픕니다."

"그럼 독서를 많이 하니? 솔직히 말해 보렴."

"책은 거의 읽지 않습니다. 교장 선생님."

"알 수가 없구나. 뭔가 문제가 있기는 한 것 같은데 말이야. 앞으로 열심히 공부하겠다고 약속할 수 있겠니?"

한스는 대답 대신 교장 선생님이 내민 손을 잡았다. 교장 선생님은 엄숙하면서도 친근한 눈길로 한스를 쳐다보며 말했다.

"그래야지, 기운이 빠져서는 안 돼. 그렇게 되면 수레바퀴 아래에 깔리고 말 거야."

교장 선생님은 한스의 손을 힘껏 잡았다. 한스가 안도의 숨을 내쉬며 문 쪽으로 걸어가려 할 때, 교장 선생님이 다시 말했다.

"한 가지 더 묻고 싶은 것이 있구나. 한스야. 요즘 하일러와 친하게 지내는 것 같은데, 내 말이 맞니?"

"네, 친하게 지냅니다."

"다른 친구들보다 더 친하게 지내는 것 같더구나."

"맞습니다. 하일러는 제 친구니까요."

"어떻게 그렇게 됐지? 너희들은 성격도 전혀 다르잖니?"

"잘 모르겠습니다. 하일러는 그냥 제 친구일 뿐이니까요."

"내가 그 아이를 좋아하지 않는다는 것은 너도 잘 알 거다. 그 아이는 불안정하고 반항적이야. 재능은 있지만 노력은 전혀 안 하지. 게다가 너에게도 나쁜 영향을 끼치고 있어. 나는 네가 그 아이와 가깝게 지내지 않았으면 한다. 네 생각은 어떠니?"

"그럴 수는 없습니다, 교장 선생님."

"그럴 수 없다니? 어째서?"

"그 아이는 제 친구니까요. 친구를 버릴 수는 없습니다."

"흠, 하지만 다른 친구들과도 친해질 수도 있지 않니? 너만 하일러의 나쁜 영향을 받고 있어. 그 결과가 어떨지는 뻔해. 도대체 그 아이의 어떤 점이 좋은 거냐?"

"저도 모르겠습니다. 하지만 우리는 서로를 좋아하고 있습니다. 배신 같은 비겁한 짓은 할 수 없습니다."

"그래, 네게 강요하지는 않겠다. 하지만 차츰 그 아이를 멀리하기를 바란다. 정말 그랬으면 좋겠구나."

교장 선생님의 마지막 말에는 처음의 친절한 태도가 전혀 담겨 있지 않았다. 어쨌든 한스는 교장실에서 나올 수 있었다. 그때부터 한스는 새롭게 공부에 온 힘을 기울이기 시작했다. 예전처럼 쉽게 진도가 나가지는 않았다. 남보다 크게 뒤처지지 않으려고 힘겹게 따라갈 뿐이었다. 그는 이렇게 된 것이 우정 때문이라는 것을 잘 알고 있었다. 하지만 그것 때문에 손해를 보았다거나 방해를 받고 있다고는 생각하지 않았다. 오히려 우정은 지금까지 놓쳐 온 많은 것들을 채워 주는 보물처럼 여겨졌다. 한스는 예전의 메마르고 의무적인 삶과는 비교할 수 없는 따뜻한 삶을 누리면서 사랑에 빠진 연인의 기분을 느꼈다.

의미를 잃은 공부는 지겨웠다. 한스는 끊임없이 절망적인 한숨을 쉬었다. 하일러는 필요한 부분만을 대충 외워서 자신의 지식으로 만드는 능력이 있었다. 그러나 한스는 그렇지 못했다. 하일러는 틈나는 대로 한스를 불러냈다. 그래서 한스는 아침마다 한 시간씩 일어나 공부에 매달려야 했다. 한스는 마치 적과 싸우듯이 히브리어 문법을 공부했다. 그는 호머와 역사에만 관심을 가졌는데, 어둠을 헤쳐 나가는 심정으로 호머의 세계를 이해하려고 애썼다. 역사 속의 영웅들은 한스에게 살아 있는 듯한 눈빛과 뜨거운 손을 내밀었다.

한스는 그리스어로 된 복음서를 읽을 때도 책 속의 인물들이 눈앞에 선명하게 떠올라 두렵기까지 했다. 특히 예수가 제자들과 함께 배에서 내리는 장면이 그랬다. 예수는 사랑이 가득한 눈길을 보내면서 섬세하고 아름다운 손을 흔들었다. 그리고 파도를 헤치고 나아가는 뱃머리가 눈앞에 불쑥 떠올랐다가 겨울의 입김처럼 사라져 갔다. 이처럼 책 속에서 동경하는 인물이나 역사의 한 부분이 튀어나와 생생하게 눈앞에 펼쳐지는 일이 반복되었다. 한스는 그와 같이 불쑥 나타났다가 갑자기 사라지는 현상들을 경험하면서 이상한 느낌에 빠져

들었다. 이런 현상들은 예기치 않은 순간에 나타났다가 붙잡을 새도 없이 사라져 버렸다. 한스는 이러한 경험을 하일러에게도 말하지 않고 혼자 간직했다.

한편 하일러는 우울증이 더욱 심해져서 불안하고 예민해져 있었다. 그는 수도원과 선생님, 친구들, 날씨와 생활, 신의 존재 등 모든 것을 비판했다. 때로는 무모한 장난과 싸움을 하기도 했다. 그는 외톨이가 되어 비뚤어진 자부심을 내세우거나, 적대감을 가지고 친구들에게 맞섰다. 한스 역시 하일러와 함께 휩쓸렸다. 두 사람은 친구들로부터 고립되어 외딴섬처럼 떨어져 있었다. 한스는 시간이 지날수록 주변의 일에 흥미를 잃었다. 한때는 장래가 기대되는 학생이었지만, 이제는 교장 선생님으로부터 푸대접을 받았다. 한스는 교장 선생님의 전문 분야인 히브리어에 대해서는 더욱 흥미를 잃어버렸다. 몇 달 동안 대부분의 학생들은 몸과 마음이 변해 있었다. 키가 부쩍 자란 학생들의 팔과 다리는 함께 자라지 못한 옷자락을 비집고 나왔다. 소년의 티를 벗고 어른의 모습으로 변해 가는 그들의 표정은 엄숙하고 진지하기까지 했다. 한스 역시 변해 있었다. 몸집은 하일러와 비슷했지만, 나이는 더 들어보였다. 뽀얗던 이마의 가장자리는 윤곽이 뚜렷해졌고, 눈은 움푹 들어갔다. 그리고 얼굴은 병든 사람 같아 보였고, 팔다리는 앙상하게 말라 있었다. 한스는 성적에 대한 불만이 커질수록 하일러의 영향을 받아 친구들과 더욱 멀어졌다. 그는 이제 모범생도, 우등생도 아니었다. 그는 더 이상 친구들을 아래로 굽어볼 수 없었으며 자부심에도 상처를 입었다. 누군가가 그것을 깨닫게 하거나 스스로 그런 기분이 들 때면 괴로워서 견딜 수가 없었다. 그래서 모범생 하르트너와 건방진 오토 벵거와는 여러 차례 싸우기도 했다.

어느 날 벵거가 비웃으며 놀리자, 한스는 참지 못하고 그에게 주먹을 날렸다. 그들은 치고받으며 격렬하게 싸웠다. 벵거는 겁쟁이였지만, 약한 상대에게는 인정사정없었다. 하일러는 그 자리에 없었다. 다른 아이들은 한스가 맞는 모습을 통쾌하게 여기면서 태연하게 구경했다. 한스는 심하게 얻어맞아 코피가 터지고 갈비뼈가 욱신거렸다. 그는 수치심과 고통, 분노 때문에 잠을 이루지 못했으나, 하일러에게는 그 일에 대해 말하지 않았다. 이때부터 한스는 같은 방 친구들과 한마디도 하지 않았다.

봄이 되자 비가 자주 오고 오후 시간이 길어졌다. 신학교에서는 새로운 움직임이 생겨났다. '아크로폴리스' 방에서는 피아노와 플루트를 잘 연주하는 두 명의 학생이 정기적인 음악의 밤을 열었고, '게르마니아' 방에서는 희곡 독서회가 열렸다. 몇 명의 학생들은 성경 독서 모임을 만들어 매일 밤 모이기도 했다.

하일러는 '게르마니아' 방의 희곡 독서회에 들어가려다가 거절당했다. 그는 잔뜩 화가 나서 성경 독서 모임에 들어갔으나 그곳에서도 환영받지 못했다. 하지만 그는 억지로 그 경건한 모임에 끼어들었다. 그는 그곳에서 신을 비판하고 모독하여 말다툼을 유발시켰다. 하일러는 얼마 지나지 않아 그런 짓에 싫증을 냈지만, 그의 빈정거리는 말투는 오랫동안 지속되었다.

몇몇 학생들은 새로운 계획을 세우고 실행에 옮기느라 바빴다. 가장 먼저 화젯거리를 제공한 학생은 둔스탄이라는 별명을 가진, '스파르타' 방의 한 학생이었다. 그는 재치가 넘쳤으며 사람들의 관심을 끌고 싶어 했다. 그는 여러 가지 장난과 오락으로 단조로운 학교생활에 활력을 불어넣었다. 어느 날 아침, 침실에서 나온 학생들은 세면장에 붙어 있는 한 장의 종이를 보았다. 거기에는 '스파르타에서 보낸

여섯 개의 풍자시'라는 제목 아래 몇몇 학생들의 행동과 우정에 대한 평가가 적혀 있었는데, 한스와 하일러에 대한 비난의 글도 있었다. 모든 학생들이 몹시 흥분하여 앞다투어 세면장으로 모여들었다. 그들은 벌 떼처럼 뒤엉켜 밀고 당기면서 아우성을 쳤다.

다음 날 아침, 여기저기 풍자시가 나붙었다. 전날의 글에 대해 찬성하기도 하고 반박하기도 하는 시구들이었다. 하지만 정작 소동을 일으킨 둔스탄은 그 일에 더 이상 끼어들지 않았다. 그는 거대한 나뭇단에 불을 붙이는 역할로 만족하고, 한쪽에 물러서서 느긋하게 구경을 했다. 대부분의 학생들이 이 소용돌이에 휩쓸렸는데, 오직 루치우스만이 소동에 아랑곳하지 않고 공부에 몰두했다. 마침내 한 선생님이 이 소동을 알아차린 후, 그 불장난 같은 놀이를 금지시켰다.

꾀 많은 둔스탄은 이번의 성공에 만족하지

않고 또 다른 일을 생각해 냈다. 신문을 만들기로 한 것이다. '다람쥐'라는 이름의 그 신문은 주로 우스꽝스러운 기사를 실었다. '여호수아'라는 책의 저자와 마울브론 수도원 학생이 나눈 가상의 대화가 신문의 첫 번째 호를 장식했다. 이 신문은 대성공이었다. 둔스탄은 굉장히 바쁜 신문 편집자이자 발행인으로서, 그것에 어울릴 만한 표정을 짓고 다녔다. 그는 고대 베네치아 공화국의 아레티노가 그랬던 것처럼 비난과 칭찬이 뒤섞인 묘한 명성을 얻었다.

하일러가 둔스탄과 함께 편집에 참여하여 그 신문에 실은 날카로운 풍자의 글은 모두를 놀라게 했다. 하일러에게는 그러한 역할에 필요한 재치가 넘쳤다. 이 작은 신문은 한 달이 넘도록 학교 전체를 들썩이게 했다. 한스는 친구의 일에 끼어들지 않았다. 한스에게는 그 일을 하고 싶은 의욕도 재능도 없었다. 그리고 하일러가 저녁 시간의 대부분을 '스파르타' 방에서 보낸다는 사실도 알아차리지 못했다. 한스는 멍한 상태로 힘없이 돌아다녔으며, 내키지 않은 공부는 계속 제자리걸음이었다. 어느 날, 티비우스(고대 로마의 역사가로, 로마 건국사 142권을 저술함)를 공부하는 시간에 이상한 일이 벌어졌다. 선생님이 해석을 시키기 위해 한스의 이름을 불렀다. 그러나 한스는 대답하지 않았다. 그러자 선생님이 화를 내며 소리쳤다.

"기벤라트, 왜 그러니? 어째서 일어나지 않는 거냐?"

그러나 한스는 여전히 꼼짝도 하지 않았다. 그는 의자에 꼿꼿하게 앉아 고개를 약간 숙인 채 눈을 반쯤 감고 있었다. 한스는 선생님의 목소리를 듣고 꿈에서 깨어나기는 했지만, 그 소리는 아주 먼 곳에서 들려오는 것 같았다. 옆 자리의 학생이 한스의 옆구리를 찔렀으나, 한스는 여전히 움직이지 않았다. 선생님이 다시 소리를 질렀다.

"기벤라트! 지금 졸고 있니?"

한스는 천천히 눈을 뜨고 선생님을 쳐다보면서 고개를 저었다. 선생님이 다시 말했다.

"졸았던 게 틀림없군. 아니라면 지금 문장의 어느 부분을 읽고 있었는지 말해 봐라."

한스는 손가락으로 책의 한 부분을 가리켰다. 그는 어느 부분을 읽고 있었는지 잘 알고 있었다. 선생님이 비꼬는 투로 말했다.

"이제라도 일어서는 게 어때?"

그제야 한스는 자리에서 일어났다. 선생님이 말했다.

"도대체 왜 그러니? 나를 좀 쳐다보렴."

한스는 선생님을 쳐다보았다. 선생님은 한스의 눈빛을 보더니, 이상하다는 듯이 고개를 흔들며 물었다.

"어디 아프니, 기벤라트?"

"아닙니다. 선생님."

"자리에 앉아라. 그리고 수업이 끝나면 따로 좀 보자."

한스는 자리에 앉았다. 그제야 그는 정신을 차렸다. 그렇지만 그의 마음속에 있는 눈은 수많은 낯선 인물들의 발자취를 더듬고 있었다. 그들은 미지의 세계로 사라지면서 계속해서 한스에게 강렬한 눈빛을 보냈다. 그러다가 어느 순간 선생님과 친구들의 목소리가 들려왔다. 주위에는 친구들이 앉아 있었다. 그들 중 몇몇은 호기심이 가득한 눈으로 한스를 힐끔힐끔 쳐다보았다. 마침내 한스는 정신이 번쩍 들었다. 수업이 끝난 후 따로 보자고 한 선생님의 말이 떠올랐다. 한스는 생각했다.

'도대체 내가 무슨 짓을 한 거지?'

수업이 끝나자, 선생님은 한스를 데리고 의아하게 쳐다보는 학생들 사이를 지나 교실 밖으로 나갔다. 선생님이 물었다.

"말해 보렴. 어떻게 된 거지? 졸지는 않았다

고?"

"네."

"그럼 네 이름을 불렀을 때 왜 잠자코 있었지?"

"저도 모르겠습니다."

"내 말을 듣지 못한 것은 아니니? 귀가 잘 들리지 않니?"

"아닙니다. 들었습니다."

"그런데 왜 일어나지 않았지? 나중에는 눈빛도 이상했어. 도대체 무슨 생각을 하고 있었니?"

"아무 생각도 하지 않았습니다. 일어나려고 했어요."

"그런데 왜 일어나지 않았니? 정말 어디 아픈 데는 없니?"

"그렇지는 않습니다. 저도 왜 그랬는지 모르겠어요."

"머리가 아프지는 않니?"

"아닙니다."

"좋아, 그만 가 보렴."

한스는 식사 시간 전에 다시 침실로 불려 갔다. 교장 선생님이 마을 의사와 함께 한스를 기다리고 있었다. 의사는 한스를 진찰하면서 이것저것 물었지만, 뚜렷한 증세를 발견하지는 못했다. 의사는 부드러운 미소를 지으면서 대수롭지 않다는 듯 말했다.

"교장 선생님, 흔히 있는 신경 쇠약입니다. 가벼운 현기증과 같은 일시적인 것이지요. 매일 산책을 하게 하세요. 두통약을 처방해 드리겠습니다."

그때부터 한스는 매일 식사 후 한 시간씩 산책을 해야 했다. 그도 싫지는 않았다. 교장 선생님이 하일러와 함께 산책하는 것을 금지하여 언짢을 뿐이었다. 하일러는 화를 내며 투덜거렸지만 어쩔 수 없었다. 한스는 혼자만의 산책에서 나름대로 기쁨을 느꼈다. 봄이 가까워 오고 있었다. 둥그스름한 언덕 위에는 푸르른 새싹들이 물결치고 있었고, 나무들은 갈색의 겨울 옷을 벗고 연초록색의 어린 잎사귀들을 내밀었다. 한스가 전에 라틴어 학교에 다닐 때는 지금과는 다른 느낌으로 봄을 맞이했었다. 그때는 생동감이 넘치는 호기심을 가지고 하나하나를 자세히 관찰했었다. 철새들이 돌아오는 것과 나무들이 차례로 꽃을 피우는 모습을 살펴보았다. 그리고 5월이 되면 낚시질을 했다. 그러나 이제는 새나 나무를 자세히 살피지 않게 되었다. 단지 자연이 새싹으로 뒤덮이는 커다란 움직임만 지켜볼 뿐이었다. 그리고 새싹 향기를 실은 부드러운 바람을 맞으면서, 자연에 대한 경이로운 느낌을 가지고 들판을 거닐었다. 한스는 금방 피곤해져서 당장이라도 눕고 싶었다. 그는 끊임없이 현실이 아닌 이상한 장면들을 떠올리고 있었다. 그럴 때면 낯선 곳에서 낯선 사람들 가운데 놓여 있는 기분이 들었다. 그리고 편안하고 부드러운 땅 위를 걷거나 향기로운 꿈으로 가득한 공기를 들이마시는 듯도 했다.

한스는 정신을 집중해서 책을 읽거나 공부를 하기가 몹시 힘들었고, 흥미가 없는 책들은 손에 잡히지 않았다. 그리고 히브리어 수업을 듣기 30분 전에야 예습을 시작할 수 있었다. 이상한 장면들은 자주 한스의 눈앞에 나타났다. 한스가 책을 읽을 때 그 안에 묘사되어 있는 것들이 갑자기 눈앞에 펼쳐지는 것이었다. 그것들은 현실 속의 모습보다 훨씬 생생했다. 한스는 자신의 기억력이 하루가 다르게 나빠지고 있다는 사실을 깨닫고 절망에 빠졌다. 그러나 한편으로는 오래된 기억들이 너무도 선명하게 떠올라 그를 두렵게 했다. 그가 수업을 받거나 독서를 할 때, 종종 아버지나 안나 아주머니, 전에 다니던 라틴어 학교의 선생님이나 친구들이 떠오르곤 했다. 그 모습들은 한스의 눈앞에서 어른거리며 집중력을 완전히 흩뜨려 놓았다. 그리고 슈투트가르트에 머물렀을 때의 일과 주 시험을 치를 때의 일, 여름 방학 때의 일들이 떠올랐다. 또 강가에서 낚싯대를 드리우고 앉아 있는 자신의 모습이 되살아나기도 했다.

후텁지근하고 어둑어둑한 어느 날 저녁, 한스는 하일러와 함께 침실에서 서성거리고 있었다. 그는 하일러에게 고향에서 있었던 일과 아버지, 그리고 낚시와 전에 다니던 학교에 대해 이야기했다. 하일러는 말없이 한스의 이야기를 듣기만 했다. 그리고 가끔 고개를 끄덕이다가 장난감 대신 손에 들고 있던 자를 휘두르곤 했다. 결국 한스는 입을 다물었다. 밤이 깊은 후 두 소년은 창가에 앉았다. 하일러가 말을 꺼냈다.

"한스야."

하일러의 목소리는 떨리고 있었다. 한스가

대답했다.

"왜?"

"아무것도 아니야."

"아니긴 뭐가 아냐. 뭔지 말해 봐."

"아까 네 이야기를 듣다가 생각난 게 있어서 그래."

"뭐가 생각났는데?"

"너 혹시 여자 뒤를 쫓아다닌 적 있니?"

잠시 침묵이 흘렀다. 한스와 하일러는 지금까지 그런 종류의 이야기를 나눈 적이 없었다. 한스는 두려움을 느꼈고, 동화 속의 정원처럼 신비한 힘이 그를 끌어당겼다. 그의 얼굴은 붉게 달아올랐고 손끝은 떨렸다. 한스가 속삭이듯 말했다.

"딱 한 번, 아무것도 모르는 순진한 아이였을 때 그랬던 적이 있었어."

다시 침묵이 흘렀다. 잠시 후 한스가 물었다.

"하일러 너는?"

하일러는 한숨을 쉬며 말했다.

"에이, 그만두자. 이런 이야기는 할 필요가 없어. 말해 봤자 무슨 소용이 있겠니?"

"아니야, 괜찮아."

"음, 난 사랑하는 여자가 있어."

"뭐라고? 그게 정말이야?"

"고향에 있는 이웃집 여자야. 지난 겨울에는 그녀와 입맞춤을 했어."

"입맞춤을 했다고?"

"응, 어두울 때였지. 얼음판 위에서 그녀가 스케이트 벗는 걸 도와주다가 입맞춤을 하게 된 거야."

"그녀가 아무 말도 안 했어?"

"응, 아무 말도 없이 도망쳐 버렸어."

"그다음에는?"

"그다음? 그게 전부야."

하일러는 이렇게 말하고는 다시 한숨을 쉬었다. 한스에게는 하일러가 드나들지 못하게 막아 놓은 금단의 동산에서 온 영웅처럼 느껴졌다. 그때 종이 울렸다. 잠자리에 들 시간이었다. 불이 꺼지고 주위는 고요해졌다. 한스는 한 시간이 넘도록 잠을 이루지 못한 채, 하일러가 여자와 했다는 입맞춤에 대해 생각했다.

다음 날, 한스는 하일러에게 더 묻고 싶었지만 부끄러운 생각이 들어 그러지 못했다. 그리고 하일러 역시 한스가 묻지 않았기 때문에 더 이상 그 이야기를 꺼내지 않았다. 한스의 학교생활은 갈수록 나빠지기만 했다. 선생님들은 언짢은 표정을 하고 이상한 눈빛으로 한스를 보았다. 교장 선생님의 얼굴도 불쾌함 때문에 어두웠다. 친구들은 성적이 크게 떨어진 한스가 이미 1등을 포기했다는 사실을 알아차렸다. 하일러만이 아무것도 눈치채지 못했다. 하일러는 학교생활을 중요하게 여기지 않았으며, 한스 역시 자신의 변화에 신경 쓰지 않고 되는 대로 내버려 두었다.

하일러는 신문 편집 일에 싫증이 났다. 그래서 다시 친구에게로 돌아왔다. 그는 교장 선생님의 금지령에도 아랑곳하지 않고 한스가 산책하는 데 따라나서곤 했다. 그는 한스와 함께 양지바른 언덕에 드러누워 공상의 나래를 폈다. 또한 시를 읊거나 교장 선생님을 조롱하기도 했다. 한스는 하일러의 연애 이야기를 듣고 싶었으나, 하일러는 끝내 그 이야기를 꺼내지 않았다. 시간이 흐를수록 한스는 그것에 대해 묻기가 더 어려워졌다. 두 사람에 대한 다른 친구들의 미움은 갈수록 커져 갔다. 하일러가 〈다람쥐〉 신문을 친구들에 대한 지독한 비난으로 가득 채웠기 때문에 아무도 하일러를 좋아하지 않았다. 그러는 사이에 〈다람쥐〉 신문은 더 이상 나오지 않게 되었다. 그래도 생각보다 오래 유지된 셈이었다. 처음에는 겨울에서 봄으로 가는 지루한 몇 주일 동안만 발행할 생각으로 시작된 일이었기 때문이다.

바야흐로 아름다운 계절이 시작되었다. 학생들은 식물 채집과 산책, 야외에서의 놀이 등을 마음껏 즐길 수 있었다. 점심시간이면 수도원의 안뜰은 체조와 씨름, 달리기와 공놀이를 하는 학생들로 가득 찼다. 그러던 어느 날, 또 한 번의 큰 소동이 일어났다. 소동을 일으킨 사람은 수도원의 골칫거리인 하일러였다.

교장 선생님은 하일러가 금지령을 무시하고 매일 한스와 함께 산책을 했다는 사실을 알았다. 교장 선생님은 하일러만 교장실로 불렀다. 그는 하일러에게 반말을 하려 했으나, 하일러는 즉시 반말을 쓰지 말아 달라고 요구했다. 교장 선생님은 하일러가 금지령을 어긴 데 대해 크게 꾸짖었다. 그러자 하일러는 한스와의 교제를 막을 권리는 누구에게도 없다면서 대들었다. 하일러는 교장 선생님과 심한 언쟁 끝에 두 시간 동안이나 갇혀 있었다. 그리고 한스와 외출을 금지하는 명령이 다시 내려졌다.

다음 날 한스는 혼자서 산책을 했다. 그는 오후 2시쯤 학교로 돌아와 친구들과 함께 수업을 들으러 갔다. 그런데 수업이 시작될 무렵 하일러가 없어졌다는 사실이 알려졌다. 힌딩거가 없어졌을 때와 똑같았다. 그때와 다른 점이라면, 이번에는 아무도 지각이라고 생각하지 않는다는 것이었다.

오후 3시쯤 세 명의 선생님들과 모든 학생들이 사라진 친구를 찾아 나섰다. 모두가 숲속으로 흩어져 뛰어다니면서 하일러의 이름을 불렀다. 선생님과 학생들은 하일러가 자살했을지도 모른다는 불길한 생각을 했다. 오후 5시경에는 지역 경찰서에 신고를 하였고, 저녁때는 하일러의 아버지에게 전보를 보냈다. 그러나 밤이 깊도록 어떤 흔적도 발견되지 않았다. 침실에서는 밤새도록 속삭이는 소리가 들려왔다. 대부분의 학생들은 하일러가 연못 속으로 뛰어들었을 것이라고 생각했다. 어떤 학생은 하일러가 집으로 돌아갔을지도 모른다고 말했다. 그러나 하일러는 돈을 한 푼도 가지고 있지 않았다.

모두들 한스만은 무슨 일이 일어났는지 알고 있을 거라고 생각했다. 그러나 이 일로 가장 놀라고 걱정하는 사람은 한스였다. 한스는 침대에 누워 친구들이 소곤거리는 소리를 들었다. 친구들은 터무니없는 추측과 농담을 했다. 한스는 하일러를 두 번 다시 못 볼지도 모른다는 생각 때문에 괴로웠다. 그는 슬픔과 괴로움에 시달리다가 지쳐서 잠들었다. 같은 시간, 하일러는 수도원에서 몇 킬로미터 떨어진 숲속에 누워 있었다. 몹시 추워 잠을 이루기 어려웠지만, 새장에서 벗어난 새처럼 마음껏 자유를 누렸다. 그는 차가운 공기를 깊게 들이마시면서 팔다리를 쭉 뻗었다. 하일러는 크니틀링엔에서 얻은 빵을 먹으면서 나뭇가지 사이로 흐르는 구름과 별을 바라보았다. 그는 점심때부터 계속 걸었다. 어디로 가느냐는 중요하지 않았다. 지겨운 수도원에서 도망쳐 나와, 교장 선생님에게 자신의 의지가 금지령보다 강하다는 사실을 보여 준 것으로 만족했다.

다음 날도 사람들이 하루 종일 하일러를 찾아 헤맸으나 허탕이었다. 하일러는 마을 가까이에 있는 들판에 쌓여 있는 짚단 속에서 두 번째 밤을 보내고, 다음 날 아침에 다시 숲속으로 들어갔다. 그날 저녁 무렵 마을로 들어가려던 순간, 그는 결국 경찰에게 붙잡히고 말았다. 경찰은 친절한 태도로 그를 달래면서 마을 회관으로 데리고 갔다. 하일러는 재치 있는 말솜씨로 이장의 환심을 샀다. 이장은 그를 집으로 데려가 하룻밤을 묵게 했으며, 햄과 달걀 등 먹을 것도 푸짐하게 대접했다. 이튿날, 수도원에 와 있던 하일러의 아버지가 그를 데리러 왔다.

도망자 하일러가 붙잡혀 오자, 학교 전체

가 흥분에 휩싸였다. 하일러는 고개를 꼿꼿하게 들고 다니면서, 그 천재다운 짧은 여행에 대해 조금도 반성하지 않았다. 그는 잘못을 반성하고 용서를 빌라는 선생님들의 말을 무시했으며, 선생님들의 비밀회의에서도 당당하고 무례하게 행동했다. 학교에서는 가능하면 하일러를 설득하려 했으나 그의 태도는 너무 지나쳤다. 그는 결국 퇴학 처분을 받고 아버지와 함께 다시는 돌아올 수 없는 길을 떠났다. 한스와는 아쉬움의 악수를 나누며 이별을 했다.

교장 선생님은 반항과 타락으로 물든 이번 사건에 관련하여 흥분과 분노에 차서 연설을 했다. 그러나 슈투트가르트에 있는 교육청에 제출할 보고서에는 훨씬 부드럽고 차분한 문체로 사건의 내용을 썼다. 학생들에게는 퇴학생 하일러와의 편지 왕래가 금지되었다. 한스는 씁쓸하게 웃을 뿐이었다. 하일러의 도망 사건은 몇 주 동안 가장 큰 화젯거리였다. 멀리 떠난 그에 대한 학생들의 평가는 시간이 지날수록 달라졌다. 하일러는 겁먹은 도망자에서 자유를 찾아 날아오른 독수리가 되어 부러움의 대상이 되었다.

'헬라스' 방에는 빈 책상이 두 개나 생겼다. 나중에 사라진 학생은 먼저 사라진 학생보다 오랫동안 잊히지 않았다. 교장 선생님은 두 번째 사건도 곧 잊히기를 기다릴 뿐이었다. 한스는 하일러의 소식을 간절히 기다렸으나, 그에게서는 아무런 소식도 오지 않았다. 하일러는 아주 사라져 버린 것이다. 그의 도망 사건은 차츰 과거의 이야기가 되어 갔고, 끝내는 아련한 전설이 되어 버렸다.

뒤에 남은 한스에게는 하일러의 도망을 알고 있었을 것이라는 의심의 눈길이 뒤따랐다. 선생님들은 한스에 대한 신뢰를 완전히 거두어 버렸다. 어떤 선생님은 수업 시간에 대답을 제대로 하지 못한 한스에게 이렇게까지 말했다.

"어째서 그 훌륭한 친구와 함께 가지 않았지?"

교장 선생님은 한스에게 경멸에 찬 눈길을 보냈다. 그리고 한스는 학생들로부터 완전히 따돌림을 당했다. 그는 문둥병 환자나 다름없는 존재가 되어 버린 것이다.

제5장

한스는 들쥐가 저장해 둔 먹이로 살아가듯이, 전에 익혀 두었던 지식으로 겨우 버텨 나갔다. 그렇지만 곧 가난한 하루하루가 시작되었다. 잠깐 동안 힘을 쏟아 상황을 바꿔 보려고도 했으나, 희망을 잃은 한스는 이내 쓴 웃음을 짓고 말았다. 한스는 모든 것을 포기했다. 호머와 크세노폰과 수학을 차례로 포기했으며, 선생님들의 평가에도 관심을 두지 않았다. 그의 성적은 '수'에서 '미'를 거쳐 '가'까지 곤두박질쳤다. 그는 매일 두통에 시달렸으며,

두통이 잦아들었을 때는 하일러를 생각하거나 몽상에 잠겨 몇 시간을 멍하게 보냈다.

한스는 선생님들이 꾸짖을 때도 실없이 웃을 뿐이었다. 젊은 비드리히 선생님만이 한스의 처량한 웃음을 안타까워하면서 자상하게 대해 주었다. 다른 선생님들은 경멸의 눈초리로 한스를 무시했으며, 수업이 끝난 뒤에도 교실에 남아 자습을 하도록 한스에게 벌을 주고는 했다. 종종 비꼬는 말투로 이렇게 말하기도 했다.

"잠이 들지 않았다면 이 문장을 한번 읽어 보겠니?"

교장 선생님은 특히 화를 냈다. 그는 자신의 권위에 대해 엄청난 자부심을 갖고 있었다. 그는 위엄 있는 자세로 한스를 대했지만, 한스는 실없는 웃음만 지어 보였다. 한스의 맥 빠진 웃음 때문에 교장 선생님은 머리끝까지 화가 나서 말했다.

"울어도 시원치 않을 마당에, 제발 그런 바보 같은 표정으로 웃지 말게!"

한스를 더욱 괴롭게 한 것은 아버지의 편지였다. 교장 선생님의 편지를 받고 깜짝 놀란 아버지는 아들을 설득하기 위해 애원의 편지를 보냈다. 아버지의 편지는 온갖 격려의 말과 함께 도덕적인 분노의 표현으로 가득했다. 눈물겨운 아버지의 호소는 한스의 마음을 아프게 했다.

결국 교장 선생님과 다른 선생님들, 그리고 아버지까지 한스의 마음 깊숙이 그들의 희망을 가로막는 장애물이 자리 잡고 있음을 알아차렸다. 그들은 억지로라도 이 그릇된 마음을 바로잡아야겠다고 생각했다. 비드리히 선생님 이외에는 그 누구도 불안과 절망에 싸여 허우적거리는 한스의 영혼을 들여다보지 못했다.

한편 아무도 학교와 아버지, 몇몇 선생님들의 탐욕스러운 명예심이 연약한 소년의 영혼을 무참히 짓밟았다는 사실을 깨닫지 못했다. 왜 한스는 예민한 소년기에 밤늦도록 공부에 매달려야만 했을까? 무엇이 그에게서 토끼를 빼앗았는가? 왜 낚시질과 산책을 못하게 했는가? 왜 그에게 하찮은 명예심과 공허한 이상을 심어 주었는가? 어째서 시험이 끝난 뒤의 휴식을 방해했는가? 마침내 지칠 대로 지친 노새는 길가에 쓰러지고 말았다. 여름이 시작될 무렵 마을 의사가 한스를 한 번 진찰하더니, 예전처럼 성장기에 나타나는 신경 쇠약 증세라는 진단을 내렸다. 그리고 방학 동안 충분한 식사를 하고 휴식을 취하면 병이 나을 것이라고 말했다.

그러나 안타깝게도 방학이 되기 전에 좋지 않은 일이 일어났다. 방학이 시작되기 3주일 전의 일이었다. 한스는 오후 수업 시간에 선생님으로부터 심한 꾸중을 들었다. 선생님의 꾸지람이 계속되자, 한스는 겁에 질려 떨면서 울음을 터뜨렸다. 그 이후 수업은 중단되었고, 한스는 몇 시간 동안 침대에 누워 있었다.

다음 날, 수학 선생님이 한스에게 칠판에 도형을 그리고 그것을 증명해 보라고 했다. 그런데 한스는 칠판 앞에서 현기증이 났다. 그는 분필과 삼각자로 아무렇게나 줄을 긋다가 그것들을 바닥에 떨어뜨렸는데, 분필과 삼각자를 주우려고 무릎을 꿇었다가 끝내 일어서지 못했다.

마을 의사는 자신의 환자에게 일어난 일에 대해 몹시 화를 냈다. 그는 한스에게 즉각적인 요양과 함께 신경과 의사의 상담이 필요하다는 진단을 내렸다. 그러고는 교장 선생님에게 귓속말로 말했다.

"저 학생은 팔다리가 제멋대로 움직이는 무도병에 걸린 것이 분명해요."

몹시 화가 나 있던 교장 선생님은 고개를 끄덕이더니, 화난 표정을 동정심이 넘치는 자상한 표정으로 바꿔야겠다고 생각했다. 그에게는 흔히 있는 행동이었다.

마을 의사와 교장 선생님은 한스의 아버지에게 쓴 편지를 한스의 외투 주머니에 넣어서 그를 집으로 돌려보냈다. 교장 선생님의 분노는 걱정으로 변했다. 하일러 사건으로 발칵 뒤집혔던 교육청에 다시 이 일을 어떻게 보고해야 할지 막막했다. 교장 선생님은 뜻밖에도 이번 사건과 관련하여 별다른 말을 하지 않았다. 오히려 고향으로 돌아갈 한스에게 놀라울 정도로 친절을 베풀었다. 교장 선생님은 요양 휴가를 떠나는 한스가 다시는 돌아오지 못하리라는 것을 잘 알고 있었다. 만약 한스의 병이 낫는다고 해도, 뒤처진 공부를 따라잡을 수는 없을 거라고 생각했다. 그렇지만 작별 인사를 할 때는 다음에 다시 만나자면서 마음에 없는 말을 했다.

작은 여행 가방을 들고 떠나는 한스의 등

뒤로 교회와 탑, 수도원이 사라져 갔다. 그리고 숲과 언덕 대신 바덴 주 경계에 있는 과수원들이 눈앞에 펼쳐졌다. 이어서 포르츠하임이 나타나고, 다시 검푸른 전나무 숲이 이어졌다. 수많은 골짜기를 흐르는 물과 여름 햇살을 받은 전나무 숲의 그늘이 시원하게 보였다. 한스는 창밖으로 보이는 고향의 모습에 기분이 좋아졌다.

하지만 아버지의 모습을 떠올리자 즐거운 기분은 이내 사라져 버렸다. 아버지를 만난다는 두려움이 여행의 기쁨을 앗아가 버렸다. 시험을 치르기 위해 슈투트가르트에 갔을 때와 신학교에 입학했을 때의 불안하고도 기뻤던 기억들이 떠올랐다. 도대체 무엇을 위해 그 모든 일들을 해야만 했던가? 한스 자신도 교장 선생님의 생각처럼 다시는 수도원으로 돌아가지 못하리라는 것을 잘 알고 있었다. 신학교 생활과 학문 탐구, 야심찬 희망은 완전히 끝나

버텼다. 하지만 지금 한스는 그것 때문에 슬픈 것이 아니었다. 아버지의 기대를 저버렸다는 죄책감이 그의 마음을 우울하게 했다. 그는 푹 쉬고만 싶었다. 깊은 잠을 자고 실컷 울면서 괴로움에서 벗어나고 싶었다. 그러나 아버지 곁에서는 그렇게 하지 못하리라는 생각이 들었다.

한스는 기차 여행이 끝나갈 때쯤 머리가 아프기 시작했다. 어린 시절 뛰놀았던 숲과 언덕이 창밖으로 지나갔지만, 그는 내다보지 않았다. 그는 하마터면 고향의 기차역을 지나칠 뻔했다.

한스는 여행 가방을 들고 기차에서 내렸다. 기차역에 마중 나와 있던 아버지는 아들을 찬찬히 살펴보았다. 아버지는 교장 선생님의 편지를 읽고 실망과 두려움에 휩싸여 있었다. 쇠약해져서 제대로 걷지도 못할 줄 알았던 아들이 혼자 걸어오자, 아버지는 조금 마음이 놓였다.

한스의 아버지는 의사와 교장 선생님의 편지를 읽고 한스의 신경 쇠약 증세에 대해 커다란 불안감을 느꼈다. 지금까지 그의 집안에서 신경 쇠약에 걸린 사람은 없었다. 그런 사람들에 대한 이야기를 들을 때면, 아버지는 비웃음과 동정심을 섞어 정신병자 취급을 했었다. 그런데 아들 한스가 그런 끔찍한 병에 걸려 돌아온 것이다.

집에 돌아온 첫날, 한스는 아버지의 잔소리를 듣지 않아 몹시 기뻤다. 아버지는 걱정과 두려움을 억누르면서 아들을 따뜻하게 대하려고 애썼다. 아버지는 한스에게 자상하게 말을 걸면서 조심스럽게 그를 살폈다. 한스는 그럴수록 풀이 죽었고 자신에 대한 불안감으로 괴로워했다. 한스는 날씨가 좋을 때면 몇 시간이고 숲속에 누워 있었다. 그럴 때면 어린 시절의 행복했던 순간들이 떠올라 상처 입은 그의 영혼을 부드럽게 어루만져 주었다. 그는 꽃을 보고 새들의 노랫소리를 듣고, 동물의 흔적을 살피기도 했다. 하지만 그것은 잠깐 동안의 즐거움일 뿐이었고, 대개는 피곤한 몸으로 이끼 위에 누워 있었다. 두통 때문에 생각조차 멈춰 버렸으며, 알 수 없는 꿈들이 그를 멀고도 낯선 세계로 데려갔다.

이런 꿈도 꾸었다. 하일러가 죽어서 들것에 누워 있었고, 한스가 그에게 다가가자 교장 선생님과 다른 선생님들이 한스를 세게 때리며 밀쳐 냈다. 다음 순간 들것 위에 누워 있는 사람은 힌딩거로 바뀌었다. 그 곁에는 그의 아버지가 낡은 모자를 쓰고 슬픔에 잠긴 채 서 있었다. 또 다른 꿈도 있었다. 한스는 도망친 하일러를 찾아 숲속을 헤매고 있었다. 하일러의 모습이 눈에 띄어 그를 부르면, 그는 다시 사라져 버렸다. 어쩌다 가까이 마주설 때면 하일러는 '난 좋아하는 여자가 있어.'라고 말하면서 깔깔 웃고는 다시 사라져 버렸다. 그러다가

'제발 그렇게 바보 같은 표정으로 웃지 말게!' 라고 말하는 교장 선생님의 목소리가 들리기도 했다.

어쩌다 나아지는 듯도 했지만 한스의 건강은 점점 나빠져만 갔다. 한스의 주치의는 심각한 얼굴을 한 채 진찰 소견을 밝히는 것을 하루하루 미루고 있었다. 그는 한스의 어머니에게 죽음을 선고한 바로 그 의사였다. 그는 지금도 관절염에 시달리는 한스의 아버지를 치료해 주고 있었다. 그제서야 한스는 라틴어 학교에 다녔던 2년 동안 친구를 한 명도 사귀지 못했다는 사실을 깨달았다. 그때의 학교 친구들은 먼 곳으로 떠났거나 수습공이 되어 있었다. 한스는 그들 중 누구와도 친하지 않았기 때문에 그들에게서 어떤 도움도 받을 수 없었다. 그들은 한스에게 조금도 관심이 없었다.

라틴어 학교의 교장 선생님은 다정하게 한두 번 말을 건넸다. 그리고 라틴어 선생님과 마을 목사도 한스에게 친절하게 대해 주었다. 하지만 한스는 이미 그들의 관심 밖에 있었다. 한스는 이제 씨를 뿌릴 만한 가치가 있는 좋은 밭이 아니었다. 그를 위해 시간과 노력을 쏟는 일은 의미 없는 일이 되고 만 것이다.

마을 목사가 좀 더 따뜻한 마음으로 한스를 보살펴 주었더라면 조금 나았을 것이다. 하지만 목사가 무엇을 해 줄 수 있겠는가? 그는 이미 한스에게 자기가 줄 수 있는 학문적 지식을 모두 쏟아부었다. 그에게서 더 이상 기대할 것은 없었다. 그는 어려움에 처한 사람들이 위로를 구할 만한 인물이 아니었다. 그는 사람들을 선한 눈빛으로 바라보거나 다정하게 말할 줄을 몰랐다. 한스의 아버지도 한스에게 친구가 돼 주거나 위로를 해 주지 못했다. 그는 아들에 대한 실망감을 감추려고 애를 쓸 뿐이었다. 한스는 모두로부터 버림받았다. 그는 작은 정원에 앉아 햇볕을 쪼이거나 숲속에 누워 몽상에 잠겼다. 책을 펼치면 곧바로 머리와 눈이 아파서 독서도 할 수가 없었다. 어느 책을 보아도 신학교 시절의 괴로움이 유령처럼 나타났다. 그 유령은 한스를 답답하고 무서운 꿈의 한 귀퉁이로 끌고 가 무시무시한 눈빛으로 꼼짝달싹 못하게 했다. 이처럼 고통과 외로움의 세계에 갇혀 버린 한스에게 위로의 손짓을 보내는 것이 있었다. 그것은 그가 떨쳐 버릴 수 없을 만큼 친밀하게 다가왔는데, 바로 죽음의 유혹이었다. 권총을 구하거나 숲속에서 목을 매는 것은 어려운 일이 아니었다. 한스는 산책하는 동안 매일 이런 생각을 했다.

한스는 숲속의 이곳저곳을 뒤져 편히 죽을 수 있을 만한 아늑하고 외딴 장소를 정해 놓았다. 그는 그곳에 자주 가서 언젠가 자신의 시체가 이곳에서 발견될 것이라는 생각을 하며 야릇한 흥분 상태에 빠지곤 했다. 밧줄을 걸 나뭇가지도 골라 놓고, 자기의 몸무게를 버틸 수 있는지도 점검했다. 한스의 계획에 방해가 될 만한 것은 아무것도 없었다. 그는 틈틈이 아버지를 향한 짧은 편지와 하일러에게 보내는 긴 편지를 썼다. 나중에 그의 시체 옆에서 발견될 편지들이었다. 모든 준비가 끝나자, 한스의 마음은 오히려 편안해졌다. 운명의 나뭇가지 아래에 앉아 있으면, 그를 짓누르던 답답함은 사라지고 기쁨과 흥분이 밀려왔다. 왜 좀 더 일찍 저 나뭇가지에 목을 매달지 않았던가! 죽음에 대한 생각이 굳어질수록 그는 마음의 평화를 얻었다.

한스는 마지막으로 누리게 될 아름다운 햇살과 외로운 사색을 마음껏 즐기고 싶었다. 먼 길을 떠나려는 사람들은 누구나 그럴 것이다. 그의 위험한 결심을 조금도 눈치채지 못한 사람들을 마주할 때면, 그는 씁쓸한 쾌감을 느꼈다. 의사를 만날 때마다 한스는 마음속으로 이렇게 말했다. '두고 보시지.' 한스는 자신의 무서운 계획을 마음껏 상상해 보았다. 그러면 괴로움은 사라지고 나른함이 밀려왔다. 어느 날, 한스는 정원의 전나무 아래에 앉아 라틴어 학교를 다니던 시절에 배웠던 오래된 시를 중얼거렸다.

아, 나는 너무 지쳤습니다.
아, 나는 너무 피곤합니다.
지갑에는 돈 한 푼 없고,
주머니에는 동전 하나 없습니다.

한스는 이 시를 아무 생각 없이 스무 번이나 반복해서 읊었다. 마침 창가에 서서 그 소리를 들은 아버지는 깜짝 놀랐다. 아버지는 메마른 정서를 가지고 있었기 때문에, 그 단순한 시를 이해하지는 못했다. 다만 아버지는 한숨을 쉬면서, 그와 같은 아들의 행동을 정신병의 징조라고 여길 뿐이었다. 아버지는 더욱 불안한 눈으로 아들을 살폈다. 아버지는는 그런 아들를 보며 괴로워했다. 그러나 아직은 나뭇가지에 밧줄을 걸 때가 아니었다.

곧 무더운 여름이 되었다. 주 시험과 그 후의 여름 방학으로부터 1년이 지났다. 한스는 가끔 그 시절을 떠올려 보았으나, 이미 메말라 버린 감정 때문에 별다른 느낌이 없었다. 다시 낚시질을 하고 싶었지만, 차마 아버지에게 말을 꺼낼 용기가 나지 않았다.

한스는 강가에 설 때마다 괴로웠다. 그는 아무도 없는 강가에 서서 헤엄쳐 가는 물고기 떼를 하염없이 바라보았다. 매일 저녁 한스는 수영을 하러 강 위쪽으로 걸어갔다. 그럴 때면 검사관 게슬러 씨의 집을 지나가야만 했다. 한스는 3년 전에 좋아했던 엠마 게슬러가 집에 돌아와 있다는 사실을 우연히 알게 되었다. 그는 호기심 어린 눈으로 그녀를 두세 번 쳐다보았다. 예전에는 가녀린 소녀였는데, 지금은 처녀로 자라 있었다. 거친 행동과 유행을 따라 묶은 머리 때문에 볼품없어 보였다. 긴 옷도 어울리지 않았으며, 어른처럼 보이려는 태도 또한 우스꽝스러웠다. 하지만 그녀를 볼 때마다 옛날의 달콤하고 따뜻한 기억이 떠올라 슬퍼지기도 했다. 그때는 모든 것들이 지금과 많이 달랐다. 훨씬 아름답고 즐거웠으며 순수했다. 그 시절의 한스가 알았던 것은 라틴어, 역사, 그리스어, 시험, 신학교, 두통이 전부였다. 하지만 그 시절에는 동화책과 도둑 이야기가 실린 책도 읽었다. 집의 작은 정원에는 한스가 직접 만든 조그만 물레방아가 돌고 있었다. 그리고 저녁때면 나숄트 집 문 앞에 모여 리제의 모험 이야기를 들었다. 그 당시에는 가리발디라고 불리던 이웃의 그로스 요한 할아버지를 살인범이라고 생각하고 그의 꿈을 꾸기도 했다.

또 매달 한 번쯤은 즐거운 일이 생겼다. 풀 말리는 일, 토끼풀 베는 일, 낚시질, 가재 잡기,

보리 수확, 살구 따기, 감자 굽기 등이 이어졌고, 그 사이사이에는 일요일이나 명절이 끼어 있었다. 게다가 그 시절에는 이상한 매력으로 한스를 끌어당기는 것이 헤아릴 수 없이 많았다. 집과 골목, 곡식 창고, 울타리, 갖가지 동물들과 사람들이 친근하고 사랑스러웠다. 한스에게 있어서 이런 것들은 수수께끼로 가득 찬 비밀의 세계였다. 처녀들이 부르는 노랫소리에 귀를 기울이기도 했는데, 익살맞은 노랫말에는 웃음을 터뜨렸고 슬픈 노랫말에는 눈시울을 적셨다.

그런데 어느 사이에 이 모든 것들이 사라져 버렸다. 리제의 이야기를 듣는 일이 제일 먼저 사라졌다. 그다음으로는 일요일 아침의 낚시질과 동화책 읽는 일이 사라졌다. 그리고 보리 수확도, 정원의 물레방아를 지켜보는 것도 그만두게 되었다. 아, 이 모든 것들이 지금은 어디로 가 버렸단 말인가!

부쩍 자란 한스는 병이 들어 힘겨운 시간 속에서 또 한 번의 어린 시절을 겪고 있었다. 그는 잃어버린 어린 시절에 대한 그리움에 휩싸여, 마법에 걸린 사람처럼 추억의 숲속을 헤맸다. 그 추억은 지나치게 강하고 또렷했다. 한스는 직접 체험했던 어린 시절의 열정을 가지고 과거의 추억을 현재의 일처럼 떠올렸다. 그러자 억압과 탐욕에 의해 망가진 어린 시절이 막혔다 뚫린 샘물처럼 마음속에서 솟구쳐 올랐다.

줄기가 잘린 나무는 뿌리 가까이에서 새순이 싹튼다. 상처 입은 영혼은 이와 같이 봄 같은 그 시절로 되돌아가기도 한다. 그러나 새순이 상처를 치유하는 새 희망처럼 자란다고 해도, 다시 제대로 된 나무가 되지는 못한다. 한스의 경우가 그랬다. 여기서 그가 어린 시절에 꾸었던 꿈의 자취를 살펴볼 필요가 있다.

한스의 집은 오래된 돌다리 근처, 두 개의

길이 만나는 모퉁이에 있었다. 그 길 가운데 하나는 마을에서 가장 길고 넓은 길로, '게르버 거리'라고 불렸다. 그리고 다른 길은 언덕 쪽으로 경사를 이루며 뻗어 있었는데, 짧고 좁았다. 이 볼품없는 길의 이름은 '매의 거리'인데, 그것은 지금은 문을 닫은 어느 술집 간판에 그려진 매에서 따온 것이었다.

'게르버 거리'에는 선량하고 비교적 부유한 토박이들이 살고 있었다. 그들은 정원이 딸린 집을 갖고 있었는데, 정원은 집 뒤쪽의 언덕을 향해 가파르게 이어져 있었다. 정원의 울타리는 1870년에 건설된 철길에 닿아 있었고, 철길 옆으로는 노란 금작화가 무성했다. '게르버 거리'만큼 고상했던 곳은 시청 광장뿐이었다. 그곳은 교회와 법원, 시청이 있어서 깨끗했으며, 도시 같은 분위기를 풍기고 있었다. '게르버 거리'에는 멋진 현관문을 가진 집들과 품위 있는 목조 건물들이 많았다. 그리고 길 건너 축대 아래로는 강이 흐르고 있어서 한쪽으로만 집들이 늘어서 있었는데, 그 집들은 친근하고 밝은 느낌을 주었다. 넓고 곧게 뻗은 '게르버 거리'는 이처럼 깔끔하고 우아했다.

그러나 '매의 거리'는 전혀 달랐다. 그곳에 들어서 있는 집들은 우중충했고 조금씩 기울어져 있었다. 담장은 회칠이 떨어져 나가고, 지붕은 뒤틀려 있었다. 그리고 금이 가 있는 현관문과 비뚤어진 창문에는 나무를 아무렇게나 덧대어 놓았으며, 굴뚝은 기울어지고 홈통은 부서져 있었다. 게다가 길은 좁고 구부러져 있어서 하루 종일 어두컴컴했으며, 비가 오거나 해가 진 뒤에는 눅눅한 어둠이 깔렸다. 또한 모든 창문에 걸쳐 있는 빨랫줄에는 매일 빨래가 가득했다. 이 좁고 초라한 골목길에는 집집마다 대가족들이 모여 살았는데, 허물어져 가는 집에 사람들이 바글거렸다.

'매의 거리'에는 가난과 범죄와 질병이 넘

쳐 났다. 마을에 도난 사건이 발생하면 가장 먼저 '매의 거리'가 의심을 받았다. 떠돌이 장사꾼들이 그곳에서 잠을 잤기 때문이다. 마을 사람들은 그들 중 가위를 가는 아담 히텔이 갖가지 나쁜 짓을 저지른다고 수군거리기도 했다.

한스는 학교에 입학한 뒤 몇 년 동안 '매의 거리'에 자주 놀러 갔다. 그곳에서 그는 찢어진 옷을 입고 불량스러워 보이는 아이들과 함께, 악당 취급을 받는 로테 아주머니에게서 살인 이야기를 듣곤 했다. 그녀는 함께 살던 어느 여인숙 주인과 헤어진 후 5년 동안 감옥에 갇히기도 했다. 한때 상당한 미인이었던 그녀는 많은 애인을 두고 있어서, 추잡한 소문의 주인공이 되기도 하고 그녀 때문에 칼부림이 벌어지기도 했다. 그녀는 지금은 혼자 살면서, 커피를 마시고 이야기를 하며 저녁 시간을 보냈다. 그녀의 집 문은 항상 열려 있었는데, 노동자와 아이들이 문 앞에 모여 앉아 두려움에 떨면서 그녀의 이야기를 들었다. 화로 위에서는 주전자의 물이 끓고, 등잔불은 바람에 흔들리면서 구경꾼들의 그림자를 괴상한 모습으로 만들기도 했다.

한스는 여덟 살 때 '매의 거리'에서 핑켄바인 형제와 사귀었다. 약아 빠진 부랑아인 그 형제의 이름은 돌프와 에밀이었다. 한스는 아버지의 금지령에도 불구하고 그들과 1년 동안 어울렸다. 그들은 좀도둑질과 짓궂은 장난으로 유명했다. 그들은 새알과 까마귀 새끼, 찌르레기와 토끼 등을 잡아 몰래 팔았으며, 법으로 금지되어 있는 밤낚시도 했다. 그리고 남의 집 정원도 함부로 드나들었는데, 날카로운 유리 조각이 박힌 담장도 마구 넘어 다녔다.

'매의 거리'에서 한스와 가장 친하게 지낸 아이는 헤르만 레히텐하일이었다. 고아인 헤르만은 몸이 약하고 조숙했다. 그는 한쪽 다리가 짧아서 목발을 짚고 다녀야 했기 때문에,

골목에서 노는 아이들 무리에 끼지 못했다. 그는 창백한 얼굴에 뾰족한 턱을 지녔고 말수가 적었으나, 손재주는 뛰어났다. 특히 낚시에 대한 그의 열정은 한스에게 큰 영향을 주었다. 그 당시 헤르만은 낚시 허가증을 가지고 있지 않았다. 그러나 한스와 헤르만은 한적한 곳에서 몰래 낚시질을 했다. 허가받은 낚시질보다 금지된 낚시질이 큰 즐거움을 주었다. 헤르만은 한스에게 낚싯대 자르기, 낚싯줄 염색하기, 실 묶기, 낚싯바늘 갈기 등의 기술을 가르쳐 주었다. 또 날씨 보는 방법, 강물 살피는 방법, 알맞은 미끼 고르는 방법, 낚싯바늘에 미끼를 끼우는 방법 등을 알려 주었다. 그리고 물고기 종류를 구별하는 방법과 미끼를 문 물고기를 다루는 방법, 낚싯줄을 늘어뜨리는 알맞은 깊이에 대해서도 가르쳐 주었다. 또한 헤르만은 낚싯줄을 당기거나 늦출 때의 손의 느낌과 호흡 등을 말없이 동작으로 보여 주기도 했다.

그는 낚시 가게에서 파는 멋진 도구들을 무시했으며, 한스에게 자신이 직접 만든 낚시 도구를 사용하는 것이 진정한 낚시질임을 깨닫게 해 주었다.

한스는 핑켄바인 형제와는 다툰 후 헤어졌다. 하지만 헤르만 레히텐하일은 다투지 않았는데도 한스의 곁을 떠나 버렸다. 2월의 어느 날, 그는 열이 나더니 곧 숨을 거두고 말았던 것이다. 옷을 벗어 둔 의자 위에 목발을 올려놓고 초라한 침대에 누운 채였다. '매의 거리'는 그의 죽음을 금방 잊어버렸다. 한스만이 그와의 추억을 오랫동안 간직했다.

'매의 거리'에서 헤르만 레히텐하일만이 특이했던 것은 아니다. 술주정 때문에 직장에서 쫓겨난 뢰텔러를 누가 모르겠는가! 그는 2주일에 한 번씩 완전히 취해 소동을 일으켰다. 그는 보통 때는 어린아이처럼 착했으며 항상 다정한 미소를 짓고 있었다. 한스는 그와 함께 자신이 잡은 물고기에 버터를 발라 구워 먹기도 했다. 뢰텔러는 유리 눈알이 박힌 말똥가리 박제와 가냘픈 음악 소리가 나는 낡은 시계를 가지고 있었다. 한편 발은 맨발이어도 커프스 단추는 반드시 달고 다니던 늙은 기계공 포르슈도 모르는 사람이 없었다. 그의 아버지는 초등학교 선생님이었고, 그는 성경 구절과 도덕적인 격언을 많이 외우고 있었다. 그렇지만 늙어서 머리가 하얗게 되고서도 여자들의 뒤꽁무니를 쫓아다녔고, 취하도록 술을 마셔 댔다. 그는 취한 채 한스의 집 모퉁이에 앉아서 격언들을 마구 지껄여 대기도 했다.

"한스야, 내 말 좀 들어 보렴. 지라흐가 말했지. 낙에게 잘못된 충고를 하지 않고 나쁜 짓을 하지 않는 사람은 복을 받으리라. 그것은 아름다운 나무의 푸른 잎사귀와 같도다. 어떤 잎은 떨어지고 어떤 잎은 돋아나니, 삶 또한 그와 같아서 어떤 사람은 죽고 어떤 사람은 태어나는

구나. 이제 가거라, 이 살쾡이 같은 놈아."

그 초라한 거리에서 끔찍한 일들은 어찌 그리 많았던가! 자물쇠 장수 브렌들리도 그 거리에 살았다. 지금은 문을 닫은 그의 일터는 방치된 채 황폐해졌다. 그는 몇 시간이고 창가에 앉아 우울한 얼굴로 거리를 내다보다가 누더기를 걸치고 지나가는 아이들을 붙잡아 퍼런 멍이 들도록 꼬집어 댔다.

어느 날, 그는 철사 줄에 목을 맨 채 계단에 매달려 있는 모습으로 발견되었다. 그 모습이 너무도 끔찍해서 가까이 가려는 사람이 없었고, 나중에야 늙은 기계공 포르슈가 가위로 철사 줄을 끊었다. 혓바닥이 나와 있는 시체는 계단을 굴러 내려가 놀란 구경꾼들 사이로 떨어졌다.

한스가 밝고 넓은 '게르버 거리'를 지나 음침한 '매의 거리'로 들어설 때면, 신나면서도 무서운 기분이 그의 목덜미를 눌렀다. 그것은 호기심과 두려움, 모험에 대한 불안한 기대가 뒤섞인 기분이었다. '매의 거리'는 처음 들어 보는 전설과 기적, 끔찍한 귀신 이야기가 현실로 나타날 수 있는 유일한 장소였다.

'매의 거리' 이외에 특이한 장소가 하나 더 있었는데, 그곳은 마을 근처에 있는 낡고 거대한 가죽 공장이었다. 그 공장의 어두컴컴한 창고에는 큼지막한 가죽들이 걸려 있었고, 지하실에는 비밀의 굴과 통행이 금지된 통로가 있었다. 그곳은 리제가 가끔 아이들에게 아름다운 동화를 들려준 곳이기도 했다.

그 가죽 공장은 건너편에 있는 '매의 거리'보다 조용하고 정겨웠지만, 비밀이 가득 숨겨져 있다는 점에서는 비슷했다. 비밀의 굴과 지하실, 마당에서 일하는 노동자들의 모습은 어딘지 이상해 보였다. 하품을 하는 듯이 입을 크게 벌리고 있는 지하실은 소름 끼치는 고요함에 싸여 있었으며, 노동자들은 식인종처럼 험상궂고 무뚝뚝해 보이는 주인을 무서워했다. 이처럼 이상한 곳에서 리제는 요정처럼 돌아다녔다. 정이 많은 그녀는 아이들과 새, 고양이와 강아지들의 보호자이자 어머니였다. 그녀는 많은 동화와 노래를 알고 있었다.

한스는 오래전에 떠났던 이곳에서 어린 시절의 생각과 꿈이 되살아나는 것을 느꼈다. 그는 절망으로 가득 찬 현실로부터 어린 시절의 행복 속으로 도망쳐 온 것이다. 어린 시절 그의 앞에 놓인 세상은 희망이 가득한 마법의 세계였다. 그 세계는 보이지 않는 곳에 소름 끼치는 위험과 마법의 보석으로 지은 성을 감추어 두고 있었다. 한스는 다시 그 세계 속으로 들어가고 싶었지만, 기적을 만나기도 전에 지쳐 버렸다. 그는 수수께끼가 가득한 그 입구에 다시 서 있었지만, 지금은 그 세계로 발을 들여놓을 수 있는 순수한 어린 시절로부터 너무 멀리 떠나와 있었다.

한스는 '매의 거리'를 두세 번 찾아갔다. 그곳에는 여전히 눅눅한 어둠과 지독한 냄새, 햇빛이 비치지 않는 낡은 계단이 있었다. 예전처럼 늙은 남자와 여자들이 문 앞에 앉아 있었고, 더러운 차림의 아이들이 뛰어다녔다.

기계공 포르슈는 더욱 늙어 한스를 알아보지 못했다. 한스가 인사를 했지만, 그는 의미 없는 말들을 중얼거리기만 했다. 또 가리발디라고 불리던 그 로스요한과 로테 아주머니는 이미 세상을 떠났다. 뢰텔러는 아직 그곳에 살고 있었는데, 그는 아이들이 음악 소리가 나는 자신의 시계를 부수었다면서 불평을 늘어놓았다. 그는 한스에게 담배를 권하더니 핑켄바인 형제에 대한 이야기를 해 주었다. 그 형제 중 한 명은 담배 공장에 다니면서 벌써 어른처럼 술을 마신다고 했고, 다른 한 명은 1년 전에 칼부림을 한 뒤 도망갔다고 했다. 모든 것이 비참하고 우울했다. 어느 날 저녁, 한스는 축축하게 젖어 있는 풀밭을 지나 가죽 공장으로 갔다. 추억 속의 즐거웠던 어린 시절이 그곳에 숨겨져 있기라도 한 듯이 말이다.

한스는 돌이 깔린 현관문을 지나 어두운 계단을 내려갔다. 그곳에는 가죽이 널려 있었다. 그는 코를 찌르는 가죽 냄새와 함께 갑자기 피어오르는 추억의 안개를 들이마셨다. 그는 가죽을 말리는 건조대가 있는 뒤뜰로 갔다. 좁은 지붕이 덮인 그곳에 리제가 있었다. 그녀는 의자에 앉아 감자 껍질을 벗기고 있었고, 그 주위에는 아이들이 모여 앉아 그녀의 이야기를 듣고 있었다. 한스는 어두컴컴한 문간에 서서 그쪽을 향해 귀를 기울였다. 어둠이 내려앉고 있는 가죽 공장에는 평화로움이 가득했다. 담장 너머 흐르는 강물 소리, 감자 껍질 벗기는 소리, 그리고 리제의 목소리만이 그곳을 채우고 있었다. 잠시 후 한스는 어두운 현관을 살며시 빠져나와 집으로 돌아왔다. 그는 다시는 어린아이가 될 수 없고 리제의 곁에도 앉을 수 없다는 사실을 깨달았다. 그 후로 한스는 가죽 공장이나 '매의 거리'에 가지 않았다.

제6장

가을이 깊어 가고 있었다. 검푸른 전나무 숲에 드문드문 섞여 있는 활엽수의 잎들이 노랗고 빨갛게 물들고 있었다. 골짜기에는 짙은 안개가 자욱하고, 차가운 강물에서는 아침마다 뽀얀 물안개가 피어올랐다. 한스는 여전히 창백한 얼굴을 하고 다녔다. 그는 몸이 피곤한 데다가 마음이 내키지도 않았기 때문에 다른 사람과의 만남을 피했다. 의사는 그에게 물약과 간유, 달걀을 먹으라고 했으며, 냉수 목욕도 권했다. 그러나 어떤 것도 효과가 없었다. 당연한 일이었다. 한스에게는 삶을 지탱해 주는 의미와 목적이 없었기 때문이다. 아버지는 한스에게 서기나 기술자가 되라고 권할 생각이었다. 아직은 한스가 건강을 더 회복해야 했지만 미래에 대한 걱정도 필요했다.

한스의 혼란스러웠던 마음은 차분하게 가라앉았다. 그는 더 이상 자살을 생각하지 않았고 흥분과 불안한 상태에서도 벗어났다. 그러나 그 대신 우울증에 빠져들기 시작했다. 그는 저항할 수 없는 끈끈한 늪에 빠진 것처럼 그 속으로 천천히 가라앉았다. 한스는 가을 들판을 헤매면서 계절의 거대한 힘을 느꼈다. 깊어 가는 가을, 고요히 떨어지는 낙엽, 갈색으로 변한 초원, 새벽안개, 시들어 가는 식물들이 한스를 우울하고 슬프게 만들었다. 한스는 그것들을 잊고 싶었다. 하지만 자신의 젊음이 그것을 거부하고 삶에 집착하려 해서 괴로웠다. 한스는 나뭇잎들이 붉게 물들어 낙엽이 되어 떨어지는 것을 바라보았다. 그리고 숲속의 희끄무레한 안개와 시들어 버린 꽃만 남아 있는 정원을 바라보았다. 그는 수영과 낚시 철이 끝난 후 낙엽으로 덮인 강을 바라보기도 했다. 춥고 쓸쓸한 강가에 남아 있는 것은 가죽 공장의 억센 노동자들뿐이었다.

그런데 며칠 전부터 과일즙을 짜고 남은 엄청난 양의 과일 찌꺼기들이 강물에 실려 떠내려갔다. 과일즙 짜는 공장과 물레방앗간에서는 과일즙 짜기에 한창이었다. 이로 인해 마을 곳곳에서 과일즙 향기가 풍겨 났다. 플라이크 아저씨도 압착기를 빌려와, 물레방앗간에서 과일즙을 짰다. 물레방앗간의 마당에는 압착기와 수레, 사과가 가득 담긴 바구니와 자루, 손잡이가 달린 큰 통과 양동이, 나무로 만든 지렛대 등이 어지럽게 흩어져 있었다. 압착기에서는 계속 삐걱거리는 소리와 덜덜거리는 소리가 났다. 대부분의 도구에는 초록색이 칠해져 있었는데, 그 초록색은 주위의 여러 색깔들과 어울려 풍요롭고 아름다운 분위기를 자아냈다. 그리고 황갈색의 과일 찌꺼기와 사과 바구니, 푸른 강물과 뛰노는 아이들이 투명한 가을 햇살을 받아 빛나고 있었다.

사과가 으깨지면서 내는 소리는 시큼한 침을 고이게 했다. 그 소리를 들으면 누구라도 사과를 한입 베어 물고 싶을 것이다. 가을 햇살 아래 방금 짜낸 싱싱한 과일즙이 호스를 따라 흘러내렸다. 그 모습을 구경하는 사람들은 주인에게 부탁하여 과일즙 한 잔을 마시지 않을 수 없었다. 그러고는 눈물까지 글썽거리면서 몸속 구석구석에 퍼지는 달콤한 기쁨을 즐기는 것이다. 과일즙의 상큼하고 달콤한 향기는 하늘 멀리까지 퍼져 나갔다. 지금은 1년 중에 가장 근사한 수확의 계절이었다.

겨울을 앞두고 이런 향기를 맡을 수 있다는 것은 멋진 일이다. 그럼으로써 계절의 변화가 안겨 주는 자연의 선물을 감사하는 마음으로 기억하게 되는 것이다. 5월의 따뜻한 비, 무섭게 쏟아지는 여름 소나기, 가을의 영롱한 아침 이슬, 부드러운 봄 햇살, 한여름의 무더위, 하얗고 빨간 꽃들, 잘 익은 과일의 윤기가 주는 사계절의 아름다움과 즐거움을 말이다. 지금은 누구에게나 축복의 시기였다. 이때만은 부자이거나 가난한 사람이거나 할 것 없이 모두가 일손을 거들었다. 잘 익은 사과를 손에 들고 무게를 가늠하기도 하고, 사과 자루가 몇 개인지 헤아려 보기도 했다. 그리고 은으로 만든 잔으로 과일즙의 맛을 보며, 과일즙에 물을 섞으면 안 된다고 강조하기도 했다. 가난한 사람들은 한 자루의 사과밖에 없었다. 그들은 유리컵이나 사기그릇으로 과일즙의 맛을 보며 물을 섞었다. 그렇지만 즐겁고 기쁜 마음만은 부잣집 못지않았다. 사정이 있어 과일즙을 짜지 못한 사람들은 이웃을 돌아다니면서 한 잔씩 얻어 마시거나 사과 한두 개를 얻기도 했다. 그러면서 그들은 과일즙 짜는 일을 잘 아는 듯이 참견을 했다.

그리고 부잣집 아이들이나 가난한 집 아이들이나 할 것 없이 작은 컵을 들고 돌아다녔다. 그들은 대부분 베어 먹은 사과 한 개와 빵 한 조각을 손에 들고 있었다. 예로부터 과일즙을 먹기 전에 빵을 실컷 먹어 두면 나중에 배탈이 나지 않는다는 말이 전해져 왔기 때문이다. 아이들의 떠드는 소리에 어른들의 고함 소리가 더해졌다. 즐거움과 흥분으로 들뜬 목소리들이 온 마을에 가득했다.

"한스야, 이리 오너라. 한 잔 마셔 보렴."

"고맙습니다. 하지만 벌써 배가 부른걸요."

"사과 50킬로그램에 얼마를 주었지?"

"4마르크 주었네. 그렇지만 최고급품이야. 맛 좀 보겠나?"

때로는 작은 소동이 일어나기도 했다. 사과

자루가 터져서 사과가 땅바닥에 나뒹굴면 사과 주인이 외쳤다.

"아이고, 내 사과! 여러분, 좀 도와줘요."

그럴 때면 주위의 사람들이 모두 나서서 사과를 주웠다. 짓궂은 아이들 몇몇은 그 틈을 타서 사과를 주머니에 슬쩍 감추기도 했다. 그러면 다시 시끄러워졌다.

"이놈들, 그만두지 못해! 마음껏 먹는 건 상관없지만 훔치는 것은 안 돼. 거기 서라. 이놈들!"

"이보게, 내 것도 맛을 좀 보게나."

"꿀맛일세, 꿀맛이야. 얼마나 만들었나?"

"두 통밖에 안 돼. 하지만 맛은 그만이지."

"더울 때 짜지 않아서 다행이야. 그랬더라면 다 마셔 버려야 했을 테니까."

올해도 어김없이 깐깐한 노인 서너 명이 얼굴을 내밀었다. 그들은 오래전에 과일즙 짜기를 그만두었지만, 그에 대한 풍부한 경험과 지식을 가지고 있었다. 그들은 과일을 공짜로 얻다시피 했던 시절에 대해 이야기했다. 그때는 지금보다 과일이 훨씬 싸고 품질이 좋아서, 과일즙에 설탕을 섞지 않았다고 자랑했다. 심지어 나무에 맺힌 열매부터 달랐다면서 다음과 같이 말하기도 했다.

"그때는 정말 수확이라고 할 만했지. 사과나무 한 그루에서 무려 250킬로그램 정도를 땄으니까 말이야."

노인들은 옛날보다 형편없다고 투덜대면서도, 여기저기 돌아다니면서 과일즙을 실컷 마셨다. 이가 성한 노인은 사과를 베어 먹기도 했다. 그리고 어떤 노인은 사과를 너무 많이 먹어서 배탈이 나기도 했는데, 그는 한숨을 쉬며 말했다.

"옛날에는 이런 것 열 개쯤은 문제없었는데."

그 노인은 이처럼 큰 사과 열 개를 먹어도

배탈이 나지 않았던 시절을 그리워했다. 플라이크 아저씨는 구둣방에서 일하는 수습공과 함께 과일즙을 짰다. 바덴에서 사 온 아저씨의 사과는 언제나 최상급이었다. 그는 기분이 매우 흡족하여, 자신의 과일즙을 맛보려는 사람들을 막지 않았다. 그의 아이들은 신이 나서 사람들 사이를 돌아다녔다. 그 순간 가장 행복한 사람은 수습공이었다. 두메산골 출신인 그는 구둣방 밖에서 일을 하는 것이 즐거웠고, 과일즙의 달콤한 맛이 좋았다. 그는 산골 출신답게 건강해 보였으며, 얼굴에는 웃음이 가득했다. 신발을 만드느라 지저분했던 그의 손도 오늘만큼은 깨끗했다.

과일즙을 짜는 곳에 오게 된 한스는 불안한 듯 아무 말도 하지 않고 있었다. 그는 이곳에 오고 싶어서 온 것이 아니었다. 나숄트 집안의 리제가 처음 짠 과일즙 한 잔을 한스에게 주었다. 한스가 과일즙을 마시는 동안, 사과 향기와 함께 어린 시절의 추억이 되살아났다. 한스는 그때의 즐거움을 다시 누리고 싶은 욕구가 슬며시 솟아나는 것을 느꼈다. 낯익은 사람들이 한스에게 말을 걸어왔다. 한스는 과일즙이 담긴 잔도 여러 차례 건네받았다. 플라이크 아저씨의 압착기가 있는 곳에 이르렀을 때는 한스의 기분이 많이 좋아져 있었다. 그는 즐거운 표정으로 아저씨에게 인사하고 농담을 하기도 했다. 아저씨는 속으로 놀라면서, 한스를 따뜻하게 대해 주었다.

30분쯤 지났을 때, 파란 치마를 입은 처녀가 다가와서 플라이크 아저씨와 수습공에게 인사를 했다. 그녀는 곧 과일즙 짜는 일을 거들기 시작했다. 플라이크 아저씨가 한스에게 말했다.

"이 아이는 하일브론에 사는 내 조카딸 엠마란다. 이 아이의 고향에서는 이곳과 달리 포도가 많이 생산되지."

그녀는 열여덟이나 열아홉 살쯤 되어 보였다. 그녀는 평야 지대 출신답게 행동이 빠르고 성격은 명랑했다. 키는 크지 않았지만 몸매는 예뻤고, 둥그스름한 얼굴에 정열적인 눈빛, 입맞추고 싶은 예쁜 입술을 가진 영리해 보이는 아가씨였다. 그녀는 이처럼 건강하고 활달한 처녀로 보이기는 했지만, 신앙심 깊은 플라이크 아저씨의 친척 같아 보이지는 않았다. 평범한 사람으로 보이는 그녀의 눈빛은 매일 밤 성경을 읽고 고스너의 《보물상자》를 읽을 만한 눈빛이 아니었던 것이다.

한스는 갑자기 우울해졌다. 그는 엠마가 어서 가 버리기를 바랐다. 하지만 그녀는 갈 생각이 전혀 없는 듯, 웃고 떠들면서 농담을 했다. 한스는 수줍어서 한마디도 하지 못했다. 한스에게는 '당신'이라고 불러야 할 젊은 아가씨와의 대화가 어렵기만 했다. 그녀는 쉬지 않고 수다를 떨었으며, 한스의 수줍음 따위는 아랑곳하지 않았다. 한스는 자신감을 잃고 수레바퀴에 깔린 달팽이처럼 몸을 움츠린 채 껍데기 속으로 들어가 버렸다. 그는 싫증난 것처럼 보이려고 애를 썼지만, 그 역시 쉽지가 않았다. 방금 친한 친구가 죽기라도 한 것처럼 고통스러운 표정을 짓고 있을 뿐이었다.

한스의 그런 모습을 주의 깊게 지켜보는 사람은 없었다. 엠마 역시 그렇지 않았다. 한스가 알기로는, 그녀가 2주일 전부터 플라이크 아저씨 집에 와 있었으며, 그 후로 온 마을 사람들과 아는 사이가 되었다.

그녀는 낯을 가리지 않고 여기저기 돌아다녔다. 갓 짠 과일즙의 맛을 보기도 하고, 장난스럽게 웃다가 다시 제자리로 돌아와 일을 거들었다. 또 어린아이를 안고 사과를 나누어 주면서 사방에 즐거운 웃음을 퍼뜨리고 다니기도 했다. 그녀는 개구쟁이들을 불러 모아 장난을 쳤다. 그녀가 아이들에게 말했다.

"사과 줄까?"

그러고는 빨간 사과를 들고 두 손을 등 뒤에 감춘 채 물었다.

"사과가 오른손에 있을까? 왼손에 있을까?"

그러나 아이들은 한 번도 알아맞히지 못했다. 아이들이 불만을 터뜨리면, 그녀는 그제야 사과 한 개를 주었다. 그것도 작고 덜 익은 것으로 말이다.

그녀는 한스에 대해 알고 있는 듯했다. 그녀는 한스에게 항상 두통이 시달리는 사람이 당신이냐고 물었다. 그러나 한스가 대답하기도 전에, 그녀는 몸을 돌려 옆 사람과 이야기를 나누었다. 한스가 슬며시 그곳을 떠나려 했을 때, 플라이크 아저씨가 그에게 지렛대를 잡아 달라고 부탁했다.

"한스야, 좀 도와주렴. 엠마가 거들어 줄 거다. 나는 그만 일하러 가야 하거든."

플라이크 아저씨는 구둣방으로 가 버렸고,

수습공은 아저씨의 부인과 함께 과일즙을 날랐다. 그리고 한스는 엠마와 둘이서 압착기 옆에 남았다. 그런데 어느 순간 지렛대가 몹시 무거워졌다. 이상해서 고개를 들자, 엠마가 깔깔거리며 웃음을 터뜨렸다. 그녀가 지렛대를 누르고 장난을 친 것이었다. 한스가 다시 지렛대를 당기는데도 그녀는 여전히 비켜서지 않았다.

한스는 아무 말도 하지 않았다. 그러나 지렛대를 당기는 동안 답답하고 수줍은 기분이 들었다. 그는 천천히 지렛대를 놓으면서 달콤한 불안감에 휩싸였다. 그녀가 한스의 얼굴을 빤히 쳐다보자, 그는 다정함과 낯선 느낌이 동시에 들었다. 그는 어색한 미소를 지었다. 엠마는 자신이 방금 마시다가 반쯤 남긴 과일즙 잔을 한스에게 내밀며 말했다.

"쉬엄쉬엄해요."

그것은 지금까지 마신 어떤 과일즙보다 달

콤했다. 한스는 과일즙을 다 마시고 더 먹고 싶다는 듯이 잔을 들여다보았다. 그러자 가슴이 두근거리고 숨이 가빠졌다.

두 사람은 다시 일을 하기 시작했다. 한스는 그녀의 치맛자락이 자신의 몸을 스치고, 그녀의 손이 자신의 손에 닿기를 바라면서 그녀 쪽으로 다가가려고 애썼다. 그러면서도 정작 자신이 무슨 짓을 하고 있는지는 깨닫지 못했다. 그녀와 스칠 때마다 그의 가슴은 터져 버릴 듯 두근거렸고 두려움 섞인 기쁨이 온몸을 감쌌다. 또 몸에서 힘이 빠지고 무릎이 떨렸으며, 머릿속이 윙윙거리면서 현기증이 났다. 한스는 자기가 무슨 말을 하는지도 몰랐다. 그녀가 웃으면 따라 웃었고, 그녀가 농담을 할 때는 손을 뻗어 겁을 주기도 했다. 그리고 두 번이나 그녀가 주는 잔을 받아 과일즙을 단숨에 마셔 버리기도 했다.

동시에 수많은 기억들이 떠올랐다. 저녁 무

럽 남자들과 함께 문 앞에 서 있던 하녀, 이야기책 속의 몇몇 문장들, 수도원에서 생활하던 시절, 하일러와 했던 입맞춤, 여자와 애인에 대한 친구들의 비밀스러운 이야기 등이 머릿속을 스쳐 지나갔다. 한스는 산을 모르는 노새처럼 가쁜 숨을 내쉬었다.

모든 것이 달라 보였다. 주위에서 바쁘게 움직이는 사람들이 화려한 빛을 뿜어내면서 미소 짓는 구름에 휩싸여 있었다. 떠드는 소리와 욕설, 웃음소리는 아련하게 멀어져 갔다. 그리고 강과 낡은 다리는 한 폭의 그림 같았다. 엠마도 달라 보였다. 한스는 이제 그녀의 얼굴을 제대로 볼 수 없었다. 그녀의 윤곽은 사라져 버리고 하나하나의 부분들만 눈에 들어왔다. 검고 맑은 눈동자와 붉은 입술, 가지런히 드러난 하얀 이가 보였다. 그리고 까만 양말과 구두, 목덜미를 덮고 있는 머리카락, 햇볕에 그을린 목, 꼿꼿한 어깨 아래에서 오르내리는 숨결, 햇살에 비친 투명한 붉은 귀 등이 하나씩 따로따로 보였다. 갑자기 엠마가 통 속으로 컵을 떨어뜨렸다. 그녀가 컵을 꺼내려고 몸을 숙였을 때, 그녀의 무릎이 한스의 손에 닿았다. 한스도 동시에 허리를 굽혔는데, 그때 그의 얼굴이 그녀의 머리카락에 닿을 뻔했다. 그녀의 머리카락에서는 은은한 향기가 났으며, 그녀의 고운 목덜미가 옷깃 사이로 살짝 보였다.

엠마가 몸을 일으키자, 이번에는 그녀의 무릎이 한스의 팔을 따라 미끄러져 내렸다. 그리고 그녀의 머리카락은 그의 뺨을 스쳤다. 그녀는 몸을 숙이고 있었기 때문에 얼굴이 빨갛게 달아올라 있었다. 한스는 정신이 몽롱해졌고, 갑자기 피로가 몰려와 압착기를 꽉 붙잡았다. 그러자 얼굴은 창백해졌고, 심장은 쿵쾅거렸으며, 팔에 힘이 빠지면서 어깨가 아프기 시작했다.

한스는 그때부터 한마디도 하지 않았고 그

녀의 눈길도 피했다. 그러다가 그녀가 다른 곳을 볼 때, 처음 맛보는 쾌감과 양심의 가책을 느끼면서 그녀를 몰래 바라보았다. 그 순간 그의 마음속에서 뭔가가 끊어져 버린 듯했다. 그러그는 끝없이 푸른 바닷가를 따라 새롭고 매혹적인 세계가 펼쳐졌다. 그는 불안함 속의 달콤한 고통이 무엇을 의미하는지 알지 못했다. 고통과 기쁨 중 어느 것이 더 큰지도 가늠하지 못했다.

한스의 기쁨은 순수한 사랑의 힘과 생동감 넘치는 생명을 예감한 데서 비롯되었다. 그리고 그의 고통은 아침의 평화가 깨지고, 그의 영혼이 어린 시절로부터 완전히 떠났음을 의미했다. 침몰의 위기에서 간신히 벗어난 그의 조각배는 새로운 폭풍과 위험한 암초를 향해 다가가고 있었다. 지금부터는 이끌어 주는 사람 하나 없이 오직 자신의 힘만으로 길을 찾아야 했다. 때마침 수습공이 돌아와 압착기의 일을 교대해 주었다. 한스는 엠마의 손길과 다정한 말을 기다리며 그곳에 좀 더 머물렀다. 그러나 그녀는 다른 압착기를 찾아다니면서 수다를 떨었다. 한스는 쑥스러워서 작별 인사도 없이 집으로 돌아왔다.

모든 것이 변해서 아름다운 설렘을 자아내고 있었다. 과일즙을 짜고 남은 과일 찌꺼기를 먹고 살이 찐 참새들은 끊임없이 지저귀면서 날아다녔다. 한스에게는 하늘이 이처럼 높고 푸르게 아름다웠던 적이 없었으며, 강물이 이토록 거울처럼 맑고 푸른 적도 없었다. 강가의 물거품은 눈이 부시도록 희었다. 모든 것이 새로 그려져 깨끗한 유리로 덮여 있는 듯이 보였으며, 그것들은 흥겨운 축제를 기다리고 있는 듯했다. 한스의 가슴속에서는 처음 느끼는 감정이 소용돌이치고 있었다. 눈부신 희망의 파도가 불안하고 달콤하게 밀려옴과 동시에, 그것은 이룰 수 없는 꿈이라는 절망적인 두려움이 뒤따랐다. 집에 돌아오자 들뜬 감정은 조금 가라앉았다. 아버지가 물었다.

"어딜 다녀오는 거냐?"

"플라이크 아저씨네 과일즙 짜는 곳에 다녀왔어요."

"그 사람은 과일즙을 얼마나 짰니?"

"두 통쯤이요."

한스가 우리 집에서 과일즙을 짤 때 플라이크 아저씨네 아이들을 부르자고 말하자, 아버지가 대답했다.

"그러자꾸나. 다음 주에 짤 테니, 플라이크 아저씨네 아이들을 모두 부르렴."

저녁 식사 때까지는 한 시간 정도 남아 있었다. 한스는 정원으로 나갔다. 두 그루의 전나무 외에 푸른색을 띠는 것은 없었다. 그는 개암나무 가지 하나를 꺾어 허공에 휘둘러 가지에 붙어 있던 마른 잎들을 흩날리게 했다. 해는 산 너머로 사라지고 없었다. 전나무로 덮인 검푸른 숲은 맑은 저녁 하늘을 찌를 듯이 솟아 있었고, 붉게 물든 구름은 한가로운 배처럼 골짜기 아래로 흘러갔다. 한스는 유난히 고운 노을을 보면서 정원을 거닐었다. 그는 이따금 걸음을 멈추고 눈을 감은 채 엠마의 모습을 떠올려 보았다. 압착기 옆에 서 있던 모습, 과일즙이 담긴 잔을 건네주던 모습, 통 속으로 허리를 굽히고 있느라 빨갛게 달아오른 얼굴, 머리카락과 옷깃 사이로 보이던 목덜미 등이 그의 마음을 떨리게 했다. 그러나 그녀의 얼굴만은 전혀 떠오르지 않았다. 한스는 해가 완전히 진 뒤에도 추위를 느끼지 못했다. 짙은 노을은 신비에 가득 찬 비밀의 세계 같았다. 한스는 하일브론의 처녀를 사랑하게 되었음을 느꼈다. 그는 지금 막 시작된 남자로서의 감정 때문에 어색하고 초조하고 피곤했다.

한스는 저녁 식사 시간에 자신이 완전히 변해 버렸음을 깨달았다. 그리고 익숙한 환경 속에 있는 자신이 너무도 낯설게 느껴졌다. 아버지와 늙은 가정부, 식탁과 방 안의 모든 집기들이 갑자기 낡아 버린 듯이 보였다. 그는 오랜 여행에서 방금 돌아온 것처럼 그 모두를 서먹하고 다정한 눈길로 바라보았다. 돌이켜보면 나뭇가지에 밧줄을 걸어 죽기로 마음먹었을 때에도, 작별을 고하는 자의 슬픈 눈길로 지금과 똑같은 사람들과 사물들을 보았었다. 그는 미소를 지었다. 이제 과거에서 돌아와 잃어버린 것들을 되찾은 기분이 들었다. 한스가 식사를 마치고 자리에서 일어서려 할 때, 아버지가 무뚝뚝한 목소리로 말했다.

"한스야, 너 기계공이 되는 게 어떻겠니? 아니면 서기가 되는 건 어떨까?"

한스는 깜짝 놀라 물었다.

"왜요?"

"다음 주말에 기계공 슐러 씨에게 가 볼래? 아니면 그다음 주에 시청 서기로 수습을 시작할 수도 있고. 잘 생각해 보렴. 내일 다시 이야기하자."

한스는 밖으로 나왔다. 그는 갑작스러운 아버지의 말에 몹시 당황스러웠다. 그의 눈앞으로 살아 숨 쉬는 현실의 생활이 불쑥 다가왔다. 몇 달 전부터 낯선 것이 되어 버린 현실 생활이 마침내 위협을 해 온 것이다. 한스는 처음부터 기계공이나 서기에는 관심이 없었다. 그는 육체노동이 두려웠다. 문득 기계공이 된 친구 아우구스트가 생각났다. 한스는 그 친구에게 기계공에 대해 물어봐야겠다고 마음먹었다.

한스는 그 일을 생각하니 점점 우울해졌다. 그러나 서두를 이유도 없었고 중요하게 생각되지도 않았다. 대신 다른 것이 그를 초조하게 했다. 그는 불안하게 현관에서 서성이다가 모자를 집어 들고 집을 나섰다. 오늘 안으로 엠마를 한 번 더 만나야겠다는 생각이 들었기 때문이다. 거리는 이미 어두워져 있었다. 가까운 술집에서 고함 소리와 쉰 목소리로 노래 부르는 소리가 들려왔다. 집집마다 창문에 불이 켜져 있었고, 희미한 불빛이 거리를 비췄다. 한 무리의 처녀들이 웃고 떠들면서 골목길을 걸어갔다. 그들은 젊음의 열정이 가득한 파도처럼 어두컴컴한 거리를 지나갔다. 한스는 그들을 오랫동안 바라보았다. 그러자 심장의 고동소리가 목까지 차올랐다. 누군가가 커튼이 드리워진 창 너머에서 바이올린을 연주했고, 우물가에서는 한 여인이 상추를 씻고 있었다. 다리 위에서는 두 쌍의 젊은이들이 산책을 하고 있었다. 한 남자는 담배를 피우면서 애인의 손을 잡고 있었다. 그리고 다른 쌍은 서로를 꼭 부둥켜안은 채 천천히 걷고 있었는데, 남자의 팔은 여자의 허리를 감쌌고 여자는 어깨와 머리를 남자의 품에 기대고 있었다. 한스는 지금까지 그런 모습을 많이 보았지만 관심을 둔 적은 없었다. 하지만 지금은 달랐다. 은밀하고 달콤한 욕구가 어렴풋하게 느껴져서, 한스는 그들에게서 눈을 떼지 못했다.

한스의 마음은 답답함과 안타까움으로 흔들렸다. 마치 커다란 비밀의 문 앞에 서 있는 듯 했다. 감미로움인지 두려움인지는 알 수 없었으나 막연한 예감에 가슴이 떨렸다. 한스는 플라이크 아저씨의 집 앞에 이르렀다. 그러나 안으로 들어갈 용기가 나지 않았다. 들어간다면 무슨 행동과 무슨 말을 해야 할 것인가? 그는 열한두 살 무렵 이곳에 놀러오곤 했던 기억을 떠올렸다. 그때마다 플라이크 아저씨는 한스에게 성경 이야기를 해 주었다. 한스가 지옥이나 악마에 대해 호기심 어린 질문을 던질 때마다 아저씨는 친절하게 대답해 주었다. 한스는 마음이 무거워졌다. 자신이 정말로 원하는 것이 무엇인지 알 수 없었고, 다만 출입이 금지된 비밀의 문 앞에 서 있다는 사실만 느끼고 있을 뿐이었다. 한스는 어둠 속에서 망설이고 있는 자신이 한심하게 여겨졌다. 플라이크 아저씨가 지금의 자기 모습을 본다면 나무라기보다는 비웃을 것만 같았다. 한스는 그 점이 가장 두려웠다.

한스는 플라이크 아저씨의 집 뒤로 살금살금 걸어갔다. 그리고 정원 울타리 너머로 불이 켜져 있는 거실을 들여다보았다. 아저씨는 보이지 않았고, 아저씨의 부인이 뜨개질을 하고 있었다. 큰아들은 책상에 앉아 공부를 하고 있었으며, 엠마는 청소를 하는지 거실을 왔다 갔다 했다. 주위는 너무 조용해서 먼 곳의 발자국 소리와 정원 너머에서 냇물 흐르는 소리까지 또렷하게 들렸다. 어둠은 더욱 깊어지고, 밤공기는 차가워졌다. 거실 옆쪽에 불 꺼진 창이 하나 있었는데, 잠시 후 희미한 형체가 그 창문에 나타나더니 창밖으로 고개를 내밀고 어둠 속을 살폈다. 한스는 그 형체가 엠마라는 사실을 금방 알아차렸다. 그는 초조함 때문에 심장이 멈춰 버릴 것만 같았다. 그녀는 한참 동안 한스가 있는 쪽을 쳐다보았다. 그녀가 그를 보고 있는지는 알 수 없었지만, 그는 꼼짝도 하지 않고 그녀가 있는 쪽을 똑바로 쳐다보았다. 그녀가 알아보기를 바라는 마음과 알아보면 어쩌나 하는 두려움이 동시에 들었다. 잠시 후, 그 희미한 형체가 창가에서 사라졌다. 그리고 정원으로 나 있는 작은 문이 열리더니 엠마가 밖으로 나왔다. 그 순간 한스는 너무 당황하여 도망치고 싶었다. 그러나 우물쭈물하고 있는 사이에 그녀가 정원을 가로질러 그에게로 다가왔다. 도망치고 싶은 생각보다 더욱 강한 힘이 그를 붙잡고 있었다.

엠마가 한스의 앞에 섰다. 그들 사이는 반 걸음 정도 떨어져 있었는데, 그 사이에는 낮은 울타리만 있을 뿐이었다. 그녀는 그를 이상하다는 듯이 쳐다보았다. 두 사람 다 한참 동안 입을 열지 않았다. 마침내 엠마가 작은 목소리로 물었다.

"무슨 일이야?"

"아무것도 아니야."

한스는 그녀의 목소리가 자기의 뺨을 어루만지는 듯한 느낌을 받았다. 엠마는 울타리 너머로 손을 내밀었고, 한스는 수줍게 그녀의 손을 잡고 약간 힘을 주었다. 그녀가 손을 놓지 않자 한스는 좀 더 용기를 내어 그녀의 손을 부드럽게 어루만졌다. 그리고 그녀가 계속 가만히 있자, 그는 그녀의 손을 자기 뺨에 갖다 댔다. 그 순간 가슴을 뒤흔드는 흥분과 행복한 몽롱함이 온몸을 감쌌다. 그의 눈에는 아무것도 브이지 않았다. 오직 앞에 서 있는 그녀의 하얀 얼굴과 검은 머리카락만 보일 뿐이었다. 그녀가 낮은 목소리로 말했다.

"내게 키스해 주겠니?"

그녀의 목소리는 밤하늘 저편, 머나먼 곳에서 들려오는 것만 같았다. 그녀의 하얀 얼굴이 한스에게로 다가왔다. 그러자 그녀의 몸에 눌린 울타리의 나뭇가지들이 밖으로 휘어졌다. 그녀의 향기로운 머리카락이 한스의 뺨을 스쳤고, 그녀의 감긴 눈은 까만 속눈썹에 덮여 그의 눈앞에 다가와 있었다. 수줍은 그의 입술이 그녀의 입술에 닿는 순간, 그는 온몸을 부르르 떨었다. 그는 놀라서 뒤로 물러섰다. 하지만 그녀는 한스의 머리를 두 손으로 붙잡은 채 입술을 떼지 않았다.

한스는 그녀의 입술이 뜨겁게 타오르는 것을 느꼈다. 마치 그의 생명을 빨아들이려는 것 같았다. 그는 다리에서 힘이 빠졌다. 그녀의 입술이 떨어지기도 전에 온몸을 떨리게 한 기쁨은 피로와 고통으로 변해 있었다. 마침내 그녀가 입술을 떼었을 때, 그는 비틀거리면서 울타리를 붙잡았다. 엠마가 말했다.

"내일 밤에 또 와."

엠마는 이렇게 말하고 재빨리 집 안으로 들

어갔다. 그녀가 집으로 들어간 뒤 약 5분이 지났다. 한스에게는 그 시간이 까마득하게 여겨졌다. 그는 여전히 울타리를 붙잡고 서서 그녀가 사라진 쪽을 멍한 눈길로 바라보고 있었다. 그는 너무 지친 나머지 한 걸음도 뗄 수 없었으며, 꿈을 꾸는 듯한 기분으로 자신의 심장 뛰는 소리를 들었다. 맥박이 고르지 못하고 고통스럽게 뛰었기 때문에 금방이라도 숨이 멎을 것만 같았다.

그때 플라이크 아저씨가 거실로 들어서는 모습이 보였다. 일터에서 방금 돌아온 모양이었다. 한스는 아저씨에게 들킬까 봐 서둘러 그 자리에서 도망쳤다. 한스는 쓰러질 듯 비틀거리면서 천천히 걸음을 옮겼다. 졸린 듯한 지붕과 음침한 붉은색 창문들이 늘어서 있는 어두운 거리가 색이 바랜 무대 장치처럼 그의 곁을 스쳐 지나갔으며, 다리와 강, 정원들도 지나갔다. '게르버 거리'의 분수는 이상한 소리를 내며 물을 뿜어내고 있었다.

한스는 집에 돌아와 문을 열고, 꿈속을 걷듯이 깜깜한 복도를 지나 계단을 올라갔다. 시간이 한참 흐른 뒤에야, 그는 자기 방에 돌아와 책상에 걸터앉아 있다는 사실을 깨달았다. 그런 뒤에도 한참이 지나 옷을 벗어야겠다는 생각을 했다. 그는 옷을 벗고 창가에 앉아 있다가, 차가운 밤공기에 몸을 떨면서 이불 속으로 기어 들어갔다.

한스는 금방 잠이 들 수 있을 거라고 생각했다. 그러나 추위가 가시자 가슴이 격렬하게 뛰기 시작했다. 눈을 감으면 여전히 그녀의 입술이 그의 입술에 맞닿아 있는 듯했다. 그의 영혼을 모조리 빨아내고 그 자리에 고통의 열정을 채우려는 듯이! 한스는 밤이 늦어서야 잠이 들었다. 누군가에게 쫓기는 꿈이 계속되었고, 칠흑 같은 어둠이 앞을 가로막았다. 그는 주위를 더듬어 엠마의 팔을 잡고 그녀를 껴안았다. 두 사람은 포근한 물결 속으로 깊게 가라앉았다. 그러다 갑자기 플라이크 아저씨가 나타나 왜 자기를 찾아오지 않느냐고 물었다. 한스는 웃음을 터뜨렸다. 그는 플라이크 아저씨가 아니라 마울브론 수도원의 기도실 창가에 앉아 농담을 하던 하일러였기 때문이다. 하지만 그 모습은 금방 사라졌다. 이번에는 한스가 과일즙을 짜는 압착기 옆에 서 있었다. 엠마는 지렛대가 움직이지 않도록 붙잡고 있었고, 그는 지렛대를 움직이려고 발버둥을 쳤다. 그녀는 허리를 굽히고 그의 입술을 찾았다. 그러자 주위는 고요한 어둠에 휩싸이고, 그는 다시 끝없이 가라앉았다. 그는 정신을 잃을 만큼 어지러웠다. 문득 신학교 교장 선생님의 목소리가 들려왔으나, 그가 한스 자신에 대한 이야기를 하는지는 알 수 없었다.

한스는 늦잠을 잤다. 그는 잠에서 깨어 머리를 맑게 하려고 한참 동안 정원을 거닐었지만 졸음의 안개는 걷히지 않았다. 정원에 홀로 피어 있는 보라색 과꽃이 햇빛 속에서 아름다운 미소를 짓고 있었으며, 따뜻한 햇살이 시든 가지와 잎이 떨어진 덩굴을 부드럽게 어루만져 주었다. 한스는 그 모습들을 아무런 느낌 없이 바라보았다. 그러다 문득 이 정원에서 뛰놀던 토끼며 물레방아의 추억이 떠올라 한스의 마음을 사로잡았다. 한스는 3년 전 9월의 어느 날을 떠올렸다. 축제 하루 전날, 아우구스트가 담쟁이덩굴을 가지고 한스에게 왔다. 그들은 황금빛 깃대를 깨끗이 닦은 후 깃대 봉에 덩굴을 매달았다. 그런 뒤 설레는 마음으로 다음 날을 기다렸다. 그들은 축제에 대한 기쁨으로 들떠 있었으며, 안나 아주머니는 살구 과자를 굽고 있었다. 밤에는 커다란 바위 위에서 횃불이 타오를 것이었다.

왜 하필 그날의 기억이 떠올랐을까? 왜 그때의 추억은 강렬하고 아름다운 동시에, 슬프고 고통스러울까? 한스는 알지 못했다. 다시 올 수 없는 어린 시절의 추억이 행복의 흔적을 남기고 이별을 고하기 위해 그의 앞에 나타났다는 사실을! 한스는 다만 그 추억들이 어젯밤에 있었던 엠마와의 입맞춤과는 어울리지 않는다는 것을, 그 옛날의 행복과는 다른 무엇이 가슴 깊은 곳에서 솟구치고 있다는 것을 느끼고 있었다. 다시 황금빛 깃대가 보이고, 아우구스트의 웃음소리가 들리고, 갓 구운 과자 냄새가 나는 것 같았다. 너무나 행복했던 그 시절은 이제 멀고 먼 과거가 되어 버렸다. 한스는 커다란 전나무에 기대어 절망스러운 듯 울음을 터뜨렸다. 눈물은 잠깐이나마 그를 위로해 주었다. 점심때쯤 한스는 아우구스트를 찾아갔다. 훌쩍 커 버린 아우구스트는 솜씨 좋은 기계 수습공이 되어 있었다. 한스가 수습공 생활에 대해 묻자, 아우구스트는 세상 이치에 밝은 어른 같은 표정을 지으며 말했다.

"쉬운 일은 아니야. 너는 몸이 약하잖아. 처음 1년은 쇠를 다루는 망치질만 해야 해. 망치가 밥이나 떠먹는 숟가락이 아니라는 건 알지? 하루 종일 쇠를 나르고, 작업이 끝난 뒤에는 청소도 해야 돼. 쇠를 매끄럽게 다듬는 줄질도 무척 힘들어. 게다가 능숙해질 때까지는 낡은 줄밖에 주지 않아. 원숭이 궁둥이처럼 미끄러워서 잘 다듬어지지 않는 그런 것 말이지."

한스는 곧 풀이 죽었고, 더듬거리며 물었다.

"나는 포기하는 게 좋겠지?"

"저런, 그런 뜻으로 말한 건 아니야. 기계공도 괜찮은 직업이야. 머리도 좋아야 하고 말이야. 머리가 나쁘면 형편없는 대장장이밖에 될 수 없어. 이걸 좀 볼래?"

아우구스트는 쇠로 만들어진 정교한 기계 부품을 몇 개 들고 오더니 말을 계속 이었다.

"이건 0.5밀리미터라도 차이가 나서는 안 돼. 모두 손으로 만든 거야. 나사못까지도 말이지. 눈을 크게 뜨고 정신을 집중해서 만들어야 해."

"멋지구나. 그렇지만."

아우구스트가 웃으며 말했다.

"겁이 나니? 맞아. 수습 기간 동안은 고달파. 어쩔 수 없는 일이야. 하지만 내가 도와주면 되지 않겠니? 다음 주 금요일부터 시작하는 게 어때? 마침 다음 주 토요일이면 내 2년 동안의 수습 기간이 끝나고, 처음으로 월급도 받거든. 일요일에는 축하 파티를 열 거야. 너도 오렴. 그럼 우리들의 세계에 대해 좀 더 알게 될 거야. 어쨌든 우리는 친구니까."

한스는 점심 식사를 하면서 자신이 기계공이 되는 게 어떻겠는지를 아버지에게 물었다. 그리고 일주일 뒤에 시작하는 것에 대해서도 말했다. 그러자 아버지는 흔쾌히 대답했다.

"좋다. 그렇게 하렴."

아버지는 오후에 한스를 슐러 씨의 공장으

로 데리고 가서 인사를 시킨 후 수습 신청을 했다. 하지만 어둠이 내려앉기 시작할 무렵, 한스는 공장에서 수습으로 일하는 것 따위는 까맣게 잊어버렸다. 밤에 엠마가 그를 기다릴 거라는 생각만 머릿속에 가득했다. 벌써 숨이 가빴다. 시간은 너무 길거나 너무 짧게 느껴졌다. 그는 급한 물살을 따라 배를 몰고 가는 사공처럼 엠마와의 만남을 향해 돌진했다. 저녁 식사 따위는 안주에도 없었다. 그는 서둘러 우유 한 잔을 마시고 밖으로 뛰어나갔다.

모든 것은 어제와 같았다. 졸음에 잠긴 듯한 거리, 붉은색의 창문, 희미한 가로등 불빛, 다정하게 걷고 있는 연인들. 한스는 플라이크 아저씨 집의 정원 울타리에 다다르자 몹시 불안감을 느꼈으며, 부스럭거리는 작은 소리에도 깜짝깜짝 놀랐다. 자신이 어둠 속에서 주위를 살피는 모습이 마치 도둑 같다는 생각도 들었다. 1분도 지나지 않아 엠마가 나타났다. 그녀는 두 손으로 한스의 머리카락을 쓰다듬고는 정원의 문을 열었다. 한스는 조심스럽게 안으로 들어갔다. 그녀는 그를 데리고 덤불에 둘러싸인 길을 지나 뒷문을 빠져나간 후, 다시 어두운 통로를 지나갔다. 두 사람은 지하실 층계에 나란히 걸터앉았다. 꽤 많은 시간이 흐른 뒤에야 서로의 얼굴을 알아볼 수 있었다. 엠마는 즐거운 목소리로 쉴 새 없이 속삭였다. 그녀는 이미 여러 차례 입맞춤을 한 경험이 있었기 때문에 어리숙하고 수줍은 한스가 만만해 보였다. 그녀는 한스의 야윈 얼굴을 두 손으로 감싸고 이마와 눈과 뺨에 입을 맞추었다. 그리고 그녀의 입술이 그의 입술에 닿았다. 뜨거운 입맞춤이 계속되자, 한스는 현기증을 느끼며 그녀에게 기댔다. 그녀는 작은 소리로 웃으면서 그의 귀를 잡아당겼다.

그녀는 한스의 머리카락과 목덜미를 두 손으로 어루만진 뒤 그의 어깨에 머리를 기댔다.

그는 그녀가 하는 대로 가만히 내버려 두었다. 그는 달콤한 흥분과 행복한 불안을 느끼면서 열병에 걸린 환자처럼 몸을 떨었다. 그녀가 웃으면서 말했다.

"너는 정말 이상한 애인이다. 왜 가만히 있기만 하니?"

그녀는 한스의 손을 끌어당겨 자기의 목덜미와 머리카락을 만지게 한 뒤 자기 가슴 위에 얹었다. 그는 눈을 감은 채 부드러운 느낌과 낯선 소용돌이 속으로 빨려 들어갔다.

그녀가 다시 입을 맞추려고 했을 때, 한스가 그녀를 뿌리치며 말했다.

"그만, 이제 그만!"

그녀는 웃으면서 그를 두 팔로 안고 가까이 끌어당겼다. 한스는 정신이 몽롱해져서 아무 말도 하지 못했다.

그녀가 물었다.

"나를 좋아하니?"

한스는 대답 대신 고개만 끄덕였다.

그러자 그녀는 또다시 그의 손을 잡아 자기의 코르셋 속으로 집어넣었다. 한스는 그녀의 맥박과 뜨거운 호흡을 느끼면서 심장이 멎는 듯한 충격을 받았다. 그는 그녀의 손을 뿌리치면서 신음하듯 말했다.

"이제 그만 집에 가 봐야겠어."

한스는 일어서려다가 비틀거렸다. 하마터면 지하실 바닥으로 굴러떨어질 뻔했다.

그것을 보고 엠마가 놀라서 물었다.

"괜찮니?"

"모르겠어. 몹시 피곤해."

한스는 정원 울타리까지 가는 동안 그녀가 자기를 부축해 주었다는 것도 느끼지 못했다. 어떻게 거리를 지나 집으로 향하고 있는지도 알지 못했으며, 거대한 폭풍에 휩쓸리고 거친 파도에 떠밀리는 것만 같았다. 희미한 불빛이 새어 나오는 집들, 그 너머로 솟은 산과 전나무 가지들, 어둠 속에 반짝이는 별들이 보였다. 바람 소리와 강물이 다리 기둥에 부딪히는 소리가 들렸다. 강물 위로는 정원과 집들, 가로등과 별이 비치고 있었다.

한스는 다리 난간 위에 주저앉았다. 너무 지쳐서 집까지 가지 못할 것 같았다. 그는 강물이 흐르는 소리와 물레방아 도는 소리에 귀를 기울였다. 그의 손은 차가웠고, 가슴과 목은 답답했다. 현기증 때문에 눈앞이 캄캄해지기도 했다.

집으로 돌아온 한스는 침대에 눕자마자 잠이 들었다. 그러나 꿈속을 이리저리 헤매다가 너무 괴로워서 눈을 떴다. 그는 꿈도 아니고 현실도 아닌 몽롱한 상태로 아침까지 누워 있었다. 새벽 무렵 그는 결국 고통으로 몸부림을 치면서 흐느껴 울었다. 그리고 눈물로 흠뻑 젖은 이불 위에서 다시 잠이 들었다.

제7장

한스의 아버지는 과일즙을 짜는 압착기 옆에서 의기양양한 모습을 하고 바쁘게 움직였다. 한스도 일을 거들었다. 플라이크 아저씨의 두 아들이 와서 사과를 날랐다. 그들은 작은 컵과 커다란 빵을 손에 들고 다녔다. 그러나 엠마는 오지 않았다. 한스는 아버지가 통을 들고 나가 30분이나 자리를 비웠을 때에야 비로소 용기를 내어 플라이크 아저씨의 아들들에게 물었다.

"엠마는 어디 있지? 여기 온다고 하지 않았

나?"

입 속에 먹을 것을 잔뜩 물고 있던 아이들은 그것을 삼키느라고 한참이 지나서야 대답을 했다.

"벌써 가 버렸어."

"가 버려? 어디로 갔는데?"

"자기 집으로 갔어."

"기차를 타고 떠난 거니?"

아이들이 고개를 끄덕였다.

한스가 계속 물었다.

"언제 갔는데?"

"오늘 아침에 갔어."

아이들은 이렇게 대답한 후 사과를 또 달라고 손을 내밀었다. 한스는 압착기를 돌리면서 과일즙 통을 멍하게 쳐다보았다. 아버지가 다시 돌아왔고, 모두들 즐겁게 일을 했다. 저녁때가 되자 아이들은 고맙다는 인사를 하고 집으로 돌아갔다. 저녁 식사 후 한스는 자기 방에 앉아 있었다. 밤 11시가 되었는데도 불을 켜지 않았다. 그러다 깜박 깊은 잠이 들었다. 다른 때보다 늦게 잠에서 깬 뒤, 그는 뭔가를 잃어버리고 불행해졌다는 느낌이 들었다. 다시 엠마가 떠올랐다. 그녀는 작별 인사도 없이 떠나 버렸다. 지난밤에 만났을 때 그녀는 자기가 언제 떠날지를 이미 알고 있었다. 그는 그녀의 입맞춤과 몸짓을 떠올렸다. 그녀는 한스를 진심으로 대하지 않았던 것이다. 고통과 분노, 가라앉지 않는 사랑의 힘은 흥분과 불안 속에서 우울한 고민으로 변해 버렸다. 한스는 정원과 거리와 숲을 헤매고 다녔다.

한스는 너무 일찍 사랑의 비밀을 알아 버렸다. 사랑은 달콤함으로 포장되어 있으나 쓰디쓴 맛을 낸다는 것을 말이다. 때늦은 슬픔, 그리운 추억, 우울한 사색으로 잠을 이루지 못하는 밤이 계속되었다. 한스는 꿈속에서 끔찍한 괴물이 되기도 하고, 죽일 듯이 목을 조르는 손이 되기도 하고, 이글이글 불타는 눈을 가진 짐승이 되기도 했다. 한스는 깊은 밤 잠에서 깨어 고독에 몸을 떠는 자신을 보았다. 그는 엠마에 대한 그리움에 몸부림치면서 눈물 젖은 베개를 부둥켜안았다.

한스가 기계 수습공 일을 시작할 금요일이 다가오고 있었다. 아버지는 그에게 파란 작업복과 모자를 사 주었다. 한스는 그 작업복을 입어 보았는데, 자신의 모습이 무척 낯설고 우스꽝스럽게 느껴졌다. 게다가 그 옷을 입고 학교와 교장 선생님의 집, 수학 선생님 집과 플라이크 아저씨의 가게, 그리고 마을 목사의 집 앞을 지나갈 때는 비참한 기분이 들 것 같았다. 공부에 쏟은 땀과 눈물, 공부 때문에 포기해야 했던 즐거움들, 자부심과 야망, 꿈과 희망은 연기처럼 사라져 버렸다. 이제 사람들의 비웃음 속에서 학교 친구들보다 뒤늦게 수습공이 되어야 하는 것이다. 하일러가 이 사실을 안다면 무슨 말을 할까? 시간이 지나자 한스는 파란 작업복에 익숙해졌다. 심지어 그 옷을 입게 될 금요일이 기다려지기도 했다. 그리고 그의 앞에 펼쳐질 새로운 일들이 기대되기도 했다. 하지만 이런 생각은 잠시뿐이었다. 한스는 끝내 엠마를 잊지 못했다. 그녀와 나눈 황홀한 경험들은 잊히지도, 극복되지도 않았다. 그는 그리움으로 인한 몸부림을 멈출 수가 없었다. 고통 속의 시간은 그렇게 천천히 흘러갔다. 유난히 아름다운 가을이었다. 햇살은 부드러웠고, 새벽은 은빛으로 가득했으며, 한낮은 화창했고, 저녁 하늘은 맑았다. 검푸른 빛깔의 산 아래에 있는 밤나무는 황금색으로 빛났고, 담장 위의 포도나무 잎사귀들은 보랏빛을 띠었다.

한스는 자기 안의 불안으로부터 벗어나려고 애를 썼다. 거리와 들판을 헤매면서도 자신이 사랑 때문에 괴로워하고 있다는 것을 다른 사람들이 눈치챌까 두려웠다. 그러면서도 밤이 되면 거리에 나가 하녀들을 쳐다보거나, 젊은 연인들의 뒤를 몰래 따라다니기도 했다. 인생의 온갖 매혹적인 욕망은 엠마와 함께 다가왔다가 그녀와 함께 다시 사라져 버렸다.

한스는 그녀가 안겨 준 고통과 불안을 잊기로 했다. 그녀를 다시 만날 수 있다면, 이제는 주저하지 않고 그녀의 비밀을 밝힐 수 있을 것 같았다. 그녀의 손을 잡고 마법과도 같은 사랑의 정원에 들어가고 싶었다. 하지만 그 정원의 문은 한스 앞에서 굳게 닫혀 버렸고, 그의 환상은 절망 속에서 위험한 숲속을 방황하고 있었다. 그는 이 좁은 마법의 정원 바깥에 커다랗고 아름다운 세계가 놓여 있다는 사실을 애써 외면하려 했다. 처음에는 불안한 마음으로 기다리던 금요일이 되자, 한스는 오히려 기뻤다. 그는 아침 일찍 파란 작업복을 입고 모자를 쓴 후, '게르버 거리'를 지나 슐러 씨의 공장으로 갔다. 한스를 아는 사람들은 그를 이상하다는 듯이 쳐다보며 물었다.

"어떻게 된 거냐? 대장장이가 된 거니?"

공장에서는 벌써 일이 한창이었다. 공장 주인인 슐러 씨는 쇠를 다듬고 있었다. 그가 빨갛게 달군 쇠를 모루 위에 얹자, 직공이 무거운 망치로 그 쇠를 두들겼다. 그들은 박자에 맞추어 망치질을 했다. 그 소리는 활짝 열린 문을 통해 아침의 거리에 경쾌하게 울려 퍼졌다.

기름과 쇠 찌꺼기로 까맣게 물든 작업대에서는 나이 든 직공과 아우구스트가 나란히 서서 일을 하고 있었다. 그리고 천장에서는 기계를 돌리는 가죽 벨트가 요란한 소리를 내면서 돌아가고 있었다. 아우구스트는 친구와 인사를 나눈 후, 슐러 씨가 망치질을 멈출 때까지 기다리라고 말했다. 한스는 쇠를 깎는 기계, 윙윙 소리를 내며 돌아가고 있는 가죽 벨트를 어색하게 쳐다보았다. 슐러 씨가 하던 일을 끝내고 한스에게 다가오더니, 굳은살이 박인 큰 손으로 벽에 박힌 못을 가리키며 말했다.

"모자는 저기에 걸어 두어라. 그리고 이쪽으로 오렴. 여기가 네 자리다."

슐러 씨는 한스를 뒤쪽의 작업대로 데리고 가서 작업 도구 다루는 방법을 가르쳐 주었다. 그가 말했다.

"네 아버지에게서 네가 몸이 약하다는 말은 들었다. 보기에도 그래 보이는구나. 힘이 생길 때까지 망치질은 하지 마라."

그러더니 슐러 씨는 작업대 밑에서 쇠로 만든 톱니바퀴를 꺼내며 말했다.

"먼저 이걸 다듬도록 해라. 이것은 주조 틀에서 막 꺼낸 거라 울퉁불퉁하다. 이걸 매끄럽게 다듬어야 해. 그렇게 하지 않으면 다른 정교한 기계 부품이 망가지거든."

슐러 씨는 톱니 부품이 고정된 틀에 끼운 뒤 낡은 줄을 들고 시범을 보이며 말했다.

"자, 이렇게 하면 된단다. 다른 줄은 사용하

지 말아라. 점심때까지는 이것만으로도 충분한 일감이 될 거다. 다 하거든 내게 말하렴. 내가 시키는 일 이외에는 신경 쓸 필요가 없다. 수습공은 쓸데없이 이것저것 생각해서는 안 돼."

한스가 줄질을 하기 시작했다. 그것을 본 슐러 씨가 소리쳤다.

"잠깐! 그렇게 하면 안 돼. 왼손을 줄 위에 올려놓아야지. 너 혹시 왼손잡이니?"

"아닙니다."

"좋아, 계속하렴."

슐러 씨는 문 앞쪽의 자기 작업대로 돌아갔다. 한스는 자기가 과연 잘할 수 있을까 하는 생각을 하며 줄질을 하기 시작했다. 처음에는 톱니바퀴가 아주 쉽게 갈렸다. 그러나 쇠를 감싸고 있는 껍질이 떨어져 나가자 이내 단단한 쇠가 모습을 드러냈다. 한스는 마음을 굳게 먹고 열심히 일했다. 어린 시절에 재미있는 놀이를 그만둔 뒤로, 자신의 손으로 유익한 물건을 만드는 기쁨은 처음 맛보는 것이었다. 그때 슐러 씨가 한스에게 소리쳤다.

"천천히 해라. 줄은 하나 둘, 하나 둘, 박자에 맞춰서 밀고 당겨야 해. 그렇지 않으면 줄이 금방 망가진단다."

한스는 나이 든 직공이 일하는 모습을 슬며시 살펴보았다. 그 직공은 강철로 된 바퀴에 벨트를 걸었다. 그리고 바퀴가 불꽃을 튀기면서 요란하게 돌아가자, 그 사이에서 실처럼 얇게 깎인 쇠 부스러기를 털어 냈다.

사방에는 작업 도구와 쇳덩이들이 흩어져 있었다. 화로 옆에는 모루와 망치, 집게와 인두가 걸려 있었고, 쇠를 고정시키는 틀 옆에는 기름걸레와 작은 빗자루, 사포와 쇠톱이 놓여 있었다. 또한 기름통과 나사못 상자들이 널려 있고, 칼 등의 도구를 가는 숫돌도 있었다. 한스는 기름때가 묻은 자신의 손을 흡족하게 쳐다보았다. 하지만 닳아서 기워 입기까지 한 다른 사람들의 작업복에 비하면, 그의 옷은 우스울 정도로 새파랗게 보였다. 그는 언젠가 자기의 작업복도 그들의 작업복처럼 낡게 되기를 바랐다.

아침 시간이 지나자 공장 안은 손님들로 붐볐다. 근처의 옷감 짜는 공장에서는 직공들이 와서 부품을 고치거나 교체했다. 한 농부는 자신이 수리해 달라고 맡긴 세탁기를 다 고쳤는지 물었다. 그는 아직 고치지 않았다는 말을 듣자 욕설을 퍼부었다. 이번에는 어떤 공장 주인이 와서 슐러 씨와 이야기를 나누었다. 그러는 사이에도 직공들은 계속 일을 했다. 강철로 된 바퀴와 가죽 벨트도 계속 돌아가고 있었다. 한스는 처음으로 노동의 기쁨을 맛보았다. 그러면서 그는 보잘것없는 자기 존재가 삶의 거대한 리듬에 섞여 들어가고 있음을 느꼈다.

오전 9시쯤 15분간의 휴식 시간이 주어졌

다. 모두 빵 한 개와 과일즙 한 잔을 받아들었다. 아우구스트는 한스에게 격려의 말을 한 뒤, 일요일에 있을 일에 대해 큰 소리로 이야기했다. 그는 처음 받는 월급을 동료들과 함께 마음껏 쓰려고 생각하고 있었다. 한스는 자기가 다듬고 있는 톱니바퀴가 어디에 쓰이게 될지 물어보았다. 그러자 아우구스트는 탑시계에 사용할 거라고 대답했다. 그가 어떻게 작동하는지를 설명해주려고 할 때 고참 직공이 일을 시작하는 바람에 모두 서둘러 자기 자리로 돌아갔다.

오전 10시가 지나면서 한스는 지치기 시작했다. 무릎과 오른팔이 아팠다. 서 있는 자세를 바꾸고 기지개를 켜 보았으나 효과가 없었다. 그는 줄을 내려놓고 작업대에 몸을 기댔다. 그를 보는 사람은 아무도 없었다. 그렇게 선 채 머리 위에서 돌아가는 가죽 벨트 소리를 듣고 있자니, 문득 가벼운 현기증이 났다. 그는 잠시 눈을 감았다. 슐러 씨가 한스에게 다가와서 물었다.

"왜 그러니? 벌써 지쳤니?"

한스는 솔직하게 말했다.

"네, 조금 그래요."

그러자 슐러 씨가 조용히 말했다.

"곧 괜찮아질 거다. 이번에는 납땜질을 가르쳐 주마. 이리 오렴."

한스는 납땜질을 신기하다는 듯이 지켜보았다. 슐러 씨는 먼저 인두를 불에 달군 뒤 땜질할 곳에 납을 발랐다. 그러자 뜨거운 인두에서 하얀 금속이 흘러내리면서 치익 하는 소리를 냈다. 슐러 씨가 말했다.

"걸레로 잘 닦아 내라. 납땜 액은 쇠를 녹슬게 하니까 그냥 내버려 두면 안 된단다."

한스는 다시 톱니바퀴를 다듬기 시작했다. 팔이 아팠고, 줄을 누르고 있는 왼손에 물집이 생겨 쓰라렸다. 정오 무렵 고참 직공이 손을 씻으러 간 사이에, 한스는 슐러 씨에게 톱니바퀴를 가지고 갔다. 슐러 씨는 그것을 대충 살펴보더니 말했다.

"됐다. 그 정도면 됐어. 네 작업대 아래에 있는 상자에 똑같은 톱니바퀴가 하나 더 있으니, 오후에는 그걸 다듬도록 해라."

한스도 손을 씻고 밖으로 나왔다. 점심시간이었다. 상점에서 수습생 노릇을 하는 옛날 학교 친구 두 명이 한스의 뒤를 따라오면서 놀려댔다.

"주 시험에 합격한 대장장이야!"

한스는 걸음을 재촉했다. 그는 이 일이 정말 마음에 드는 건지 알 수 없었다. 공장은 마음에 들었지만, 몸이 너무 피곤했다. 한스가 집에 돌아와 잠시 편안하게 앉아 있으려고 할 때, 갑자기 엠마가 떠올랐다. 오전에는 완전히 잊고 있던 그녀였다. 그는 자기 방으로 가서 침대에 몸을 던진 채 몸부림을 쳤다. 울려고 해도 눈물이 나오지 않았으며, 울음을 참으려니 목구멍이 따갑고 머리가 아팠다. 한스에게는 점심시간이 괴로웠다. 아버지가 질문을 하면 공장에 대한 이런저런 이야기를 해야 했다. 한스는 식사가 끝나자마자 정원으로 나왔다. 그리고 한 15분 동안 햇볕을 쪼이면서 몽롱한 상태로 있었다. 잠시 후 다시 일터로 갈 시간이 되었다. 한스의 두 손은 벌건 물집이 잡혀 심하게 쓰라렸고, 저녁이 되자 물건을 쥘 수 없을 만큼 손이 부어올랐다. 그는 퇴근하기 전에 아우구스트와 함께 공장을 깨끗하게 청소했다.

토요일에는 상태가 더욱 심해졌다. 손의 물집은 더욱 부풀어 올랐고 통증도 커졌다. 슐러 씨는 뭔가 언짢은 일이 있었는지 툭하면 욕을 해 댔다. 아우구스트는 며칠이면 물집이 가라앉을 거라면서 한스를 위로했다. 그리고 차츰 굳은살이 박이고 통증도 사라질 거라고 말했다. 한스는 비참한 기분으로 하루 종일 시계만 쳐다보면서 톱니바퀴를 다듬었다. 아우구스트가 저녁 청소를 하면서 한스에게 살며시 말했다. 다음 날 몇몇 동료들과 함께 비라흐에 가서 신나게 놀 거라고 했다. 사실 한스는 너무 피곤해서 일요일에는 하루 종일 집에서 쉬고 싶었다. 하지만 친구의 초대에 응하지 않을 수가 없었다. 한스가 집에 돌아오자, 안나 아주머니가 상처에 난 손에 약을 발라 주었다. 저녁 8시에 잠이 든 한스는 다음 날 아침 늦게까지 잠을 잤다. 그래서 아버지와 함께 교회에 갈 때는 서둘러야 했다. 점심시간에 한스는 아버지에게 아우구스트의 이야기를 꺼냈다. 한스가 그와 함께 놀러 가고 싶다고 하자, 아버지는 두말하지 않고 50페니히의 용돈까지 주었다. 그 대신 저녁 식사 때까지는 반드시 돌아와야 한다고 주의를 주었다.

한스는 따사로운 햇살을 받으면서 거리를

걸었다. 몇 달 만에 처음으로 일요일이 주는 기쁨을 맛보았다. 원래 손을 더럽히면서 피곤해지도록 땀 흘려 일한 뒤 맞이하는 일요일의 휴식이 더 아름답고 달콤한 법이다. 한스는 이제 일요일에 집 앞의 의자에 앉아 당당하고 밝은 표정을 짓던 정육점 주인과 빵집 주인, 대장간 주인을 이해할 수 있었다. 한스는 모자를 약간 삐딱하게 쓰고 잘 손질한 나들이옷을 입은 노동자들이 무리 지어 지나가거나 음식점에 들어가고 나오는 모습을 바라보았다.

노동자들은 대부분 같은 직업을 가진 사람들끼리 어울렸다. 목수는 목수끼리 어울렸고, 미장이는 미장이끼리 어울렸다. 그들 가운데서도 대장장이 모임이 가장 인정을 받았으며, 그중에서도 기계공이 으뜸이었다. 한스는 노동자들에게 정겨움을 느꼈다. 가장 낮은 대접을 받는 양복점의 수습생조차 기술 노동자로서의 자부심을 지니고 있었다.

슐러 씨의 공장 앞에 젊은 기계공들이 거만한 자세로 서 있었다. 그들은 지나가는 사람들과 인사를 나누기도 하고, 자기들끼리 이야기를 주고받기도 했다. 한스는 자신이 그들과 같은 집단에 속해 있다는 사실이 기뻤다. 하지만 파티에 참석하는 것은 조금 두려웠다. 기계공들은 화끈하고 거칠게 놀기로 유명했으며 춤도 잘 추었다. 한스는 춤도 출 줄 몰랐고 맥주도 잘 마시지 못했다. 그리고 담배도 창피를 당하지 않기 위해 겨우 한 대 피우는 정도였다. 그렇지만 그는 최대한 참고 어울려 볼 생각이었다.

아우구스트는 한스를 반갑게 맞아 주었다. 그리고 나이 든 직공이 오지 못하는 대신, 다른 공장 사람 한 명이 같이 가기로 했다고 말해 주었다. 그리고 오늘 모인 네 사람이면 마을을 떠들썩하게 만들기에 충분하다고도 말했다. 아우구스트는 술값은 자신이 낼 테니 맥주를 마음껏 마셔도 좋다고 했다. 그는 한스에게 담배를 권하기도 했다. 네 사람은 우쭐거리면서 거리를 천천히 걸었다. 그러다 시장 광장을 지나고 나서는 걸음을 빨리하여 비라흐로 향했다 푸르른 강물은 투명한 거울처럼 빛났고, 단풍나무와 아카시아 나무의 잎들은 거의 떨어지고 없었다. 10월의 햇살은 따뜻했으며, 높은 하늘은 구름 한 점 없이 맑았다. 지난 여름의 기억들이 아름다운 추억이 되어 차오르는 고요한 가을날이었다.

이런 날에 아이들은 꽃을 찾아다닌다. 그리고 노인들은 집 앞의 의자에 앉아 생각에 깊이 잠긴 듯한 눈으로 하늘을 바라본다. 지나간 모든 삶이 가을 하늘 너머로 흘러가고 있다는 듯이 말이다. 반면에 젊은이들은 흥겨운 기분에 취한 채 아름다운 날들을 노래한다. 배불리 먹고 취하도록 마시며, 각자 타고난 재능에 맞게 부르고 춤추면서 때로는 거친 싸움도 마다하지 않는다. 마을 어디에서는 과일이 들어간 과자가 구워지고, 지하실에서는 과일즙과 포도주가 익어 간다. 음식점과 시장 광장에서는 바이올린과 하모니카 연주가 아름다운 가을날을 축하하고, 춤과 노래는 사람들을 유혹한다.

한스 일행은 발걸음을 재촉했다. 한스는 대담하게 보이려고 담배를 피웠다. 그러자 기분이 좀 나아지는 것 같았다. 한 직공이 자신의 경험담을 이야기했으나, 처음에는 아무도 그의 이야기에 귀를 기울이지 않았다. 과거의 이야기는 허풍스럽기 마련이다. 점잖은 직공이라도 자기가 겪은 일을 남이 보지 않았다면, 마치 굉장한 일이 있었던 것처럼 잔뜩 부풀려 이야기하는 것이다. 그 직공이 말했다.

"프랑크푸르트에서의 일이었지. 젠장, 인생이란 그런 거야. 이 이야기는 오늘 처음 하는 거야. 돈 많은 장사꾼이 우리 주인의 딸

혼하고 싶어 안달이 났지. 그런데 딸은 단번에 거절해 버렸어. 그녀는 나를 좋아하고 있었거든. 그녀는 네 달 동안이나 내 애인이었지. 내가 주인과 싸우지만 않았다면 지금쯤 그의 사위가 되어 그곳에서 살고 있을 거야."

그의 이야기는 계속되었다. 추잡한 사기꾼 같은 주인이 자기를 때리려고 했다는 것이다. 그래서 그가 망치를 들고 노려보았더니, 그 주인이 슬그머니 도망쳐 버렸다고 했다. 주인은 자기의 소중한 머리통이 깨질까 봐 겁이 났던지, 모습을 나타내지 않고 비겁하게 편지로 그를 해고했다고 한다.

그 직공은 오펜부르크에서 있었던 싸움 이야기도 해 주었다. 자기가 두 명의 대장장이와 함께 일곱 명의 직공을 때려눕혔다는 내용이었다. 그는 지금이라도 오펜부르크에 가서 키다리 쇼르슈에게 물어보면 사실을 확인할 수 있을 거라고 말했다. 그 쇼르슈라는 사람 역시 같은 패거리였다고 했다. 대담하고 거친 이야기들이 계속 이어졌고, 모두가 즐겁게 귀를 기울였다. 그러면서 나중에 다른 사람들에게 그 이야기를 써먹어야겠다고 생각하는 것이었다. 그때는 장소가 바덴이나 스위스로 바뀔 것이며, 망치 대신 줄이 등장하고, 직공 대신 양복점 점원이 싸움의 상대가 될지도 모른다. 어디서나 들을 수 있는 뻔한 이야기인데도 사람들은 재미있어했다. 이런 이야기들은 같은 직업을 가진 사람들을 친밀하게 이어 주는 역할을 했다. 가장 흥겹게 이야기를 듣는 사람은 아우구스트였다. 그는 소리 내어 웃으면서 맞장구를 쳤다. 그리고 경력 많은 직공이라도 된 듯이 거만한 표정을 짓고 허공으로 담배 연기를 뿜어 댔다.

한스 일행은 길을 따라 강 아래쪽으로 내려갔다. 잠시 후, 휘어져서 언덕을 오르는 찻길과 지름길인 가파른 오솔길이 갈라지는 지점에 이르렀다. 그들은 조금 멀고 먼지가 나는 찻길을 선택했다. 오솔길은 바쁘게 일하러 가는 날 이용하는 길이었고, 돈 많은 사람들이 산책을 즐기는 길이기도 했다. 서민들은 한가한 일요일에는 찻길을 좋아했다. 가파른 오솔길은 농부나 자연을 사랑하는 사람들에게 어울렸다. 서민들은 노동이나 운동을 싫어하는 것이다. 찻길에서는 이야기를 주고받으면서 편안하게 걸을 수 있다. 신발과 나들이옷을 깨끗하게 유지할 수도 있고, 마차와 말을 구경할 수도 있다. 가끔은 예쁜 옷을 입은 아가씨들과 노래를 부르며 지나가는 청년들을 만나기도 하며, 걸음을 멈추고 그들과 농담을 하며 웃을 수도 있다. 또 외로운 총각은 아가씨를 뒤따라가기도 한다. 그리고 길을 걸으면서 친구와의 오해도 풀 수 있다. 그래서 한스 일행은 찻길을 선택했다. 찻길은 크게 휘어지면서 언덕을 향하고 있었다. 아까 계속 이야기를 했던 직공이 윗옷을 벗어 어깨에 걸쳤다. 그는 이야기 대신 흥겨운 리듬의 휘파람을 불었다. 그의 휘파람 소리는 비라흐에 가는 한 시간 동안 멈추지 않았다. 그는 한스에게 조롱 섞인 농담을 몇 번 했으나 심한 것은 아니었다. 그리고 아우구스트가 그 농담을 받아넘겨 주었다. 그러는 사이에 그들은 비라흐에 도착했다.

비라흐 마을은 붉게 물든 과일나무에 둘러싸여 있었고, 빨간 기와지붕과 은회색 초가지붕 너머로 검은 숲이 보였다. 한스 일행은 어느 술집으로 들어갈지 망설이고 있었다. '닻'이라는 술집에는 가장 좋은 맥주가 있고, '백조'라는 곳에는 가장 맛있는 과자가 있었다. 또한 '모퉁이'라는 술집에는 주인의 아름다운 딸이 있었다. 결국 아우구스트가 동료들을 설득한 끝에 '닻'에 가기로 결정했다. 그는 술을 두세 잔 마시는 동안 '모퉁이' 술집이 사라지는 것도 아니니, 나중에라도 가면 되지 않느냐고 은근한 눈짓을 했다.

한스 일행은 어느 농가의 낮은 창문과 마구간을 지나 '닻'으로 향했다. 두 그루의 밤나무 사이에서 햇빛을 받아 빛나는 '닻'의 황금색 간판이 유혹의 손짓을 했다. 그들은 그 술집 안으로 들어가고 싶었지만, 그곳은 벌써 손님들로 가득 차 있었다. 그래서 그들은 할 수 없이 정원에 자리를 잡았다. '닻'은 농부들이 드나드는 허름한 술집이 아니라 고급 술집이었다. 벽돌로 지은 현대식 건물에 많은 창문이 있었고, 긴 의자 대신 1인용 의자가 놓여 있었으며, 양철로 된 화려한 간판이 걸려 있었다. 또한 세련된 옷차림을 한 여종업원이 시중을 들었고, 주인은 최신식 갈색 양복을 단정하게 입고 있었다. 그는 원래 파산한 사람이었는데, 채권자인 맥주 공장 사장으로부터 그 건물을 빌려 장사를 하게 되면서 사정이 나아졌다. '닻'의 정원은 아카시아 나무와 철제 울타리에

둘러싸여 있었고, 울타리의 반은 포도나무가 차지하고 있었다. 아까 계속 이야기를 했던 직공이 외쳤다.

"건강을 위하여!"

그러자 나머지 세 명이 함께 건배를 했다. 그 직공은 술 실력을 뽐내려고 단숨에 잔을 비웠다. 그러고는 머리 위로 술잔을 흔들면서 여종업원을 불렀다.

"이봐, 예쁜 아가씨! 잔이 비었잖아. 한 잔 더!"

맥주 맛은 최고였다. 시원한 데다가 쓴맛도 적었다. 한스는 기분 좋게 맥주를 마셨다. 아우구스트는 술꾼 같은 표정을 지으면서 입술을 혀로 핥았다. 그는 이따금 담배를 피워 물고는 담배 연기를 뻐끔뻐끔 내뿜었다. 한스에게는 놀라운 모습이었다. 술집 탁자에 앉아 인생을 즐길 줄 아는 사람들과 한 무리가 되어 유쾌한 일요일을 보내는 것도 제법 괜찮은 일이었다.

함께 웃기도 하고 가끔 농담을 하는 것도 즐거웠다. 다 마신 술잔을 탁자 위에 거칠게 내려놓으면서 마음껏 소리치는 것도 신이 났다.

"이봐, 아가씨! 한 잔 더!"

그리고 옆 자리의 낯선 사람들에게 건배를 권하는 것도 재미있었다. 또 담배를 손가락 사이에 끼운 채 모자를 돌려 쓰는 것도 신나는 일이었다. 다른 공장에서 온 사람이 흥에 겨워 이야기를 늘어놓기 시작했다. 그가 아는 울름의 대장장이는 맥주를 스무 잔이나 마실 수 있다고 했다. 그 대장장이는 울름에서 생산되는 고급 맥주를 다 마신 뒤, 입을 닦으면서 이렇게 외친다는 것이다.

"이제 고급 포도주를 가져와!"

다른 공장에서 온 사람은 칸슈타트의 어느 화부에 대해서도 이야기했다. 그 화부는 열두 개나 되는 커다란 소시지를 먹어 치워 내기에서 이겼다고 했다. 그러나 식당의 메뉴에 적힌

음식을 다 먹는 내기에서 지고 말았다고 했다. 마지막 메뉴는 네 가지 치즈였는데, 그는 세 번째 치즈 접시를 보더니 이렇게 말했다고 한다.

"더 이상 먹느니 차라리 죽는 게 낫겠어."

이 이야기는 사람들로부터 박수갈채를 받았다. 세상 어디에나 엄청나게 먹고 마시는 사람들이 있었다. 또한 누구나 모험가와 영웅에 대한 이야기를 몇 개쯤은 알고 있었다. 세상에 별난 사람들이 많다는 사실은 무척이나 유쾌한 일이었다. 한스 일행은 맥주를 석 잔째 마시면서 여종업원에게 과자를 주문했다. 그녀가 과자가 없다고 대답하자 모두들 흥분했다. 아우구스트는 다른 술집으로 가야겠다면서 벌떡 일어섰다. 다른 공장에서 온 사람도 형편없는 술집이라고 욕을 했다. 직공 한 사람만이 그곳에 계속 있고 싶어 했다. 그는 여종업원과 농담을 주고받으면서 그녀의 몸을 살짝살짝 만지고 있었는데, 술기운이 오른 한스는 그 광경을 보자 흥분이 되었다. 결국 모두가 그 술집에서 나왔고, 한스는 오히려 다행이라고 생각했다.

길거리로 나오자 한스는 술기운이 더 올랐다. 그는 피곤했지만 뭔가를 더 해 보고 싶다는 욕구를 느꼈으며, 꿈속에서처럼 뽀얀 커튼이 눈앞에 드리워진 것 같았다. 모든 것이 현실감 없이 아련해 보였고, 이유 없는 웃음이 자꾸만 터져 나왔다. 한스는 모자까지 삐딱하게 쓰고 건달처럼 걸었다. 아까 이야기를 계속했던 직공이 다시 휘파람을 불기 시작했다. 한스는 그 리듬에 맞춰 발걸음을 옮겼다.

'모퉁이' 술집은 매우 조용했다. 두세 명의 농부가 포도주를 마시고 있을 뿐이었다. 그 술집에는 생맥주는 없고 병맥주만 있었다. 한스 일행이 자리를 잡자, 그들 앞에 각각 한 병씩의 맥주가 놓였다. 다른 공장에서 온 사람이 자신의 씀씀이를 과시하기 위해 사과를 넣어 구운 커다란 과자를 주문했다. 갑자기 배가 고파진 한스는 한꺼번에 여러 개의 과자를 먹어 치웠다. 한스는 허름한 술집에서 벽에 붙은 긴 의자에 앉아 있자니 아늑하고 편안한 기분이 들었다. 커다란 새장에서는 두 마리의 곤줄박이가 날개를 퍼덕거리고 있었고, 새장의 창살 틈에는 빨간 열매가 달린 마가목 가지가 꽂혀 있었다. 술집 주인이 잠시 탁자로 와서 한스 일행과 인사를 나누었다. 한스는 독한 병맥주를 두세 모금 마셨다. 그는 자기가 병맥주 한 병을 단번에 마실 수 있을지 궁금했다. 아까 이야기를 계속했던 직공이 다시 허풍 섞인 이야기를 늘어놓았다. 라인 지방의 포도 축제와 여기저기 떠돌아다니던 시절에 대해 말했다. 모두가 그의 이야기에 즐겁게 귀를 기울였으며, 한스도 웃음을 터뜨리면서 흥겨워했다. 그런데 한스는 몸이 점점 이상해지는 것을 느꼈다. 그리고 술집의 실내와 탁자, 술병, 술잔,

동료들이 부드러운 갈색 구름 속으로 빨려드는 것 같았다. 그가 잠깐 정신을 차리는 순간에만 희미한 형체가 보일 뿐이었다. 동료들이 크게 웃으면 자기도 덩달아 웃거나, 스스로도 알아들을 수 없는 이야기를 떠들어 댔다. 그리고 술잔을 부딪쳐 건배를 하기도 했다. 한 시간쯤 지나자 한스의 술병이 비어 있었다. 아우구스트가 놀라며 말했다.

"제법인데? 한 병 더 마실래?"

한스는 웃으면서 고개를 끄덕였다. 전에 그는 이렇게 술을 마시는 것은 위험한 짓이라고 생각했었다. 이야기를 하던 직공이 노래를 부르기 시작하자 모두가 따라 불렀다. 한스도 목청껏 노래를 불렀다. 그 사이에 술집은 손님들로 가득 찼다. 일손을 거들기 위해 주인 딸이 모습을 나타냈다. 그녀는 키도 크고 몸매도 아름다웠다. 게다가 건강하고 활기찬 얼굴에 잔잔해 보이는 갈색 눈을 가지고 있었다.

그녀가 한스 앞에 새 술병을 놓았다. 계속 이야기를 하던 직공이 능숙한 말솜씨로 수작을 걸었지만, 그녀는 들은 척도 하지 않았다. 그 직공에게 관심이 없음을 표현하려고 그랬는지, 곱상하게 생긴 한스가 마음에 들어서였는지, 그녀는 한스의 머리를 한 번 쓰다듬고는 카운터로 돌아갔다. 벌써 세 병째 맥주를 마시던 그 직공이 그녀의 뒤를 따라갔다. 그러나 그녀와 말을 나누어 보려는 그의 노력은 헛된 것이었다. 그녀는 쌀쌀맞은 눈으로 그를 쳐다본 뒤 말없이 등을 돌려 버렸다. 그는 아무런 성과 없이 탁자로 돌아온 후, 갑자기 빈 병을 두드리면서 목소리를 높였다.

"자, 신나게 놀아 보자. 건배!"

그 직공은 여자에 대한 야한 이야기를 늘어놓기 시작했다. 그러나 한스에게는 모든 소리가 뒤죽박죽이 된 채 희미하게 들렸다. 한스가 두 번째 술병을 거의 비울 즈음에는 말하는 것도, 웃는 것도 모두 힘이 들었다. 그는 새장의 곤줄박이를 놀리고 싶은 생각이 들었다. 하지만 두 걸음을 내딛기도 전에 눈앞이 빙빙 돌아 하마터면 넘어질 뻔했다. 그는 겨우 제자리로 돌아왔다.

그때부터 흥분과 즐거움이 가라앉기 시작했다. 한스는 자기가 몹시 취했다는 사실을 깨닫자 이내 우울해졌다. 저 멀리서 불행의 그림자가 다가오고 있는 것 같았다. 집으로 돌아갈 길, 아버지의 꾸중, 내일 아침의 출근 등을 생각하니 머리가 지끈지끈 아파 오기 시작했다.

다른 동료들도 몹시 취해 있었다. 아우구스트가 술값을 냈다. 많이들 마신 탓에 1탈러를 내고도 돌려받은 거스름돈은 얼마 되지 않았다. 한스 일행은 웃고 떠들면서 거리로 나섰다. 저녁노을이 화려한 색으로 물들고 있었다. 한스는 몸을 가누지 못해 아우구스트의 부축을 받아야 했다. 다른 공장에서 온 사람은 감상에 젖어 '내일 나는 떠날 거야!'라는 노래를 불렀다. 그의 눈은 눈물로 촉촉하게 젖어 있었다. 한스는 곧장 집으로 가려 했으나, '백조' 술집 앞에 이르자 아까 끊임없이 이야기하던 직공이 들어가자고 고집을 부렸다. 한스는 붙잡는 동료들의 손을 뿌리치며 말했다.

"나는 집에 갈 거야."

"혼자 걷지도 못하면서!"

"그래도 갈 거야. 갈 수 있다고!"

"그럼 브랜디나 한잔해. 이 꼬마야! 그러면 속도 가라앉고 다리에 힘도 생길거야. 정말이야. 마셔 보라니까."

어느새 한스의 손에 작은 술잔이 쥐어졌다. 반쯤은 엎지르고 나머지는 한입에 털어 넣었다. 목구멍이 불에 타는 것 같더니, 속이 뒤틀리고 구역질이 나기 시작했다. 그는 비틀거리면서 계단을 내려와 거리로 나섰다. 집과 정원과 울타리가 빙글빙글 돌며 그의 눈앞을 스쳐 지나갔다.

한스는 사과나무 아래 풀밭에 드러누웠다. 불쾌함과 불안감, 복잡한 생각들이 밀려왔고, 자신이 타락한 듯한 기분이 들었다. 어떻게 집으로 가야 할지, 아버지에게는 무슨 말을 해야 할지, 내일 일은 어떻게 될 것인지 등의 생각이 그를 비참하게 만들었다. 한스는 영원히 쉬고만 싶었다. 눈과 머리가 아팠고, 걸을 힘은 조금도 남아 있지 않았다. 그러다가 문득 술집에서의 흥겨움이 되살아났다. 한스는 얼굴을 찌푸린 채 노래를 흥얼거렸다.

오, 내 사랑 아우구스틴.
아우구스틴이여!
오, 내 사랑 아우구스틴,
모든 게 끝나 버렸구나.

한스는 노래를 마치기도 전에 가슴이 아파

왔다. 아련한 추억이 괴로운 자책감과 함께 그를 에워쌌다. 그는 소리 내어 흐느끼면서 풀밭을 뒹굴었다. 약 한 시간이 지난 후 날이 어두워졌다. 한스는 자리에서 일어나 비틀거리는 걸음으로 언덕을 내려갔다. 한스의 아버지는 저녁 식사 시간까지도 아들이 돌아오지 않자 혼자서 욕을 해 댔다. 그러나 밤 9시가 되었는데도 한스는 돌아오지 않았다. 아버지는 오랫동안 사용하지 않은 등나무 회초리를 꺼내면서 중얼거렸다.

"그놈이 이제 매를 맞지 않을 만큼 컸다고 여기는 모양이군. 오기만 해 봐라. 따끔한 맛을 보여줄 테니."

밤 10시가 되자 아버지는 현관문을 잠그면서 다시 중얼거렸다.

"밤새 쏘다닐 거라면 어디 한번 해 보라지. 잘 곳이라도 있는 모양이군."

하지만 아버지는 잠을 잘 수가 없었다. 화

를 내면서도 아들이 현관문 손잡이를 돌리면서 초인종을 누르기를 기다리고 있었다. 아버지는 화를 참지 못하고 이렇게 중얼거리기도 했다.

"함부로 돌아다니는 놈은 혼쭐이 나야 해. 틀림없이 술에 취했을 거야. 한심한 놈! 뼈마디가 으스러지도록 매를 맞아야 해."

그러나 아버지도 결국은 잠이 들고 말았다. 그 시각, 아버지의 화를 돋우던 한스는 싸늘한 시체가 되어 어두운 강물을 따라 골짜기 아래로 떠내려가고 있었다. 한스는 구역질과 수치심, 괴로움으로부터도 벗어났다. 어둠 속을 흘러가는 한스의 야윈 몸 위로 가을밤의 차가운 달빛이 비치고 있었다. 시커먼 강물은 그의 손과 머리와 창백한 입술을 어루만져 주었다. 먹이를 찾는 수달이 눈을 반짝이며 지켜보았을 뿐, 그를 보는 사람은 아무도 없었다.

한스가 어떻게 물에 빠졌는지는 알 수 없었

다. 길을 잃고 발을 헛디뎠거나, 물을 마시려다가 넘어졌을 수도 있다. 아니면 아름답게 빛나는 강물에 이끌려 물속으로 몸을 던졌는지도 모른다. 평화로운 밤의 차가운 달빛 아래에서, 피곤과 두려움에 짓눌려 죽음의 그림자를 따라갔는지도 모른다.

한스의 시체는 한낮에 발견되어 집으로 옮겨졌다. 아버지는 소스라치게 놀라 회초리를 던져 버렸다. 그는 눈물도 흘리지 않았고 무표정한 얼굴을 하고 있었다. 한스의 아버지는 밤새도록 말없이 누워 있는 아들을 바라보았다. 깨끗한 침대 위에 누워 있는 아들의 이마는 여전히 고왔다. 보통 사람들과는 다른 특별한 운명을 가진 듯한 창백하고 영리해 보이는 얼굴도 그대로였다. 한스의 이마와 두 손에는 긁힌 상처가 푸르스름하게 나 있었다. 하얀 눈꺼풀이 덮인 고운 얼굴은 잠이 든 것처럼 보였으며, 살짝 열린 입가에 떠오른 미소 때문에 즐거워 보이기까지 했다.

장례식에는 기계공들과 호기심에 찬 구경꾼들이 많이 모여들었다. 한스는 다시 한 번 유명한 인물이 되어 많은 사람들의 관심을 끌었다. 라틴어 학교의 교장 선생님과 선생님들, 마을 목사도 왔다. 모두가 검은색 예복을 입고 비단 모자를 쓴 채 장례식을 지켜보았다. 그들 중에서는 라틴어 선생님이 한층 더 우울해 보였다. 교장 선생님이 그에게 작은 목소리로 말했다.

"선생님, 저 아이는 큰 인물이 될 수도 있었을 거예요. 뛰어난 학생들에게 이런 불행이 찾아온다는 것은 가슴 아픈 일이에요."

플라이크 아저씨는 한스의 아버지, 그리고 계속 울고 있는 안나 아주머니와 함께 무덤가에 남았다. 플라이크 아저씨가 말했다.

"참으로 슬픈 일입니다. 기벤라트 씨! 저도 한스를 무척 사랑하고 아꼈답니다."

한스의 아버지는 한숨을 내쉬며 말했다.

"도대체 이해할 수가 없어요. 그토록 재능이 뛰어난 아이였는데 말이에요. 학교도 시험도 모든 게 잘 풀려 나갔었지요. 그러다가 갑자기 불행이 닥쳐왔어요."

플라이크 아저씨는 묘지를 떠나고 있는 검은색 예복을 입은 사람들을 가리키면서 낮은 목소리로 말했다.

"저기 저 사람들을 보세요. 저 사람들도 한스의 불행을 거든 셈입니다."

"아니, 뭐라고요? 어떻게 그런 말을 할 수가 있습니까?"

한스의 아버지는 깜짝 놀라면서 어이없다는 듯이 쳐다보았다. 그러자 플라이크 아저씨가 말했다.

"진정하세요, 기벤라트 씨. 저는 다만 학교 선생님들에 대해 말했을 뿐이에요."

"왜요? 어째서 그렇게 생각하는 겁니까?"

"아닙니다. 더 이상 그것에 대해 말하지 않는 게 좋겠어요. 우리 모두 이 아이에게 소홀했던 점이 많았던 것 같아요. 그렇게 생각하지 않나요?"

마을 위로 푸른 하늘이 고즈넉하게 펼쳐져 있었다. 그리고 골짜기에는 강물이 반짝이며 흐르고 있었고, 전나무가 숲을 이룬 산들은 그리움을 안고 짙푸르게 서 있었다. 플라이크 아저씨는 슬픈 미소를 지으면서 한스 아버지의 팔을 잡았다. 한스의 아버지는 쓸쓸함과 괴로운 생각을 떨쳐 버리고 익숙한 삶의 터전을 향해 천천히 걸음을 옮겼다.

청소년기의 '자기 치료'를 위해 써내려 갔던, 헤르만 헤세의 자전적 소설, 《수레바퀴 아래서》

헤르만 헤세의 《수레바퀴 아래서》는 19세기 말의 독일 교육 체계를 배경으로 하면서도 헤세 자신이 청소년 시절에 직접 겪은 위기적 경험을 바탕으로 하고 있는 작품이다. 19세기 말 독일에서는 청소년의 자살, 특히 군사학교나 기숙학교 학생들의 자살이 심각한 사회 문제로 부각되었다. 이 문제를 다룬 많은 비판적 보고서는 학교 학생의 자살이 19세기 말에 크게 증가했음을 강조했고, 프로이센에서는 일주일에 한 명의 학생이 자살하고 있다고 주장

하는 통계학자도 있었다. 그 당시 청소년의 자살은 마치 세기말을 맞이하는 하나의 문화 현상처럼 여겨질 정도였다.

이처럼 자살하는 학생이 증가하면서 교육 체계와 학교 제도를 개혁해야 한다는 비판의 목소리가 높아졌고, 그 당시 청소년들이 교육을 받던 군사학교나 기숙학교의 문제점이 수면 위로 떠올랐다. 그러자 당대의 작가들이 이 문제를 문학의 새로운 테마로 받아들이고, 빌헬름 2세의 통치 속에서 엄격한 규율과 통제로 이루어지던 당시의 학교 교육과 교사들을 비판하는 작품들을 속속 내놓기 시작했다.

헤르만 헤세의 《수레바퀴 아래서》는 19세기 말의 독일 교육 체계를 배경으로 하여 학교 비판의 맥락에서 쓰인 교육 소설이다. 그러나 이 소설은 그 초점을 피교육자인 소년에게 맞추어 강압적인 학교 제도와 아버지, 마을 교회의 목사, 교장을 비롯한 학교 교사들의 강압과 이해 부족이 감수성이 예민한 청소년기 소년에게 어떤 영향을 미치고 있는가를 보여 주고 있다.

독일 제국 학교의 폐해 상징

열두 살이었던 헤르만 헤세는 1890년 2월에 부모를 따라 괴핑엔에 가서 라틴어 학교를 다니면서 뷔르템베르크 주 정부 시험을 준비한다. 그 후 헤세는 1891년 7월에 슈투트가르트에서 주 정부 시험에 우수한 성적으로 합격했고, 같은 해 9월에 명문 개신교 신학교이자 수도원인 마울브론 기숙 신학교에 입학하게 된다. 작가 헤르만 헤세가 그랬던 것처럼, 소설 《수레바퀴 아래서》에서 의심할 여지없이 재능 있는 아이인 주인공 한스 기벤라트는 뷔르템베르크 주 정부가 실시하는 장학생 선발 시험에 합격하게 된다.

한스는 장학생 선발 시험에 합격하기 위해

좋아하는 낚시도 포기하고 취미로 기르던 토끼들도 빼앗긴 채, 매일 4시까지 계속되는 학교 수업에 바로 이어서 교장 선생님으로부터 별도로 그리스어 수업을 받고, 그다음 6시에는 마을 교회 목사로부터 라틴어와 종교 복습 강의를 받는다. 또한 일주일에 두 번씩은 저녁 식사 후에 수학 교사로부터 한 시간씩 지도를 받는다. 그리고 집에 돌아와서는 저녁 늦게까지 등잔불 밑에서 학교 수업에서 담임교사로부터 받은 과제물인 쓰기와 외우기, 그리고 복습과 예습을 해야 했다. 한스는 화요일과 토요일에는 10시까지, 그 밖의 다른 날에는 11시나 12시까지, 때로는 더 늦게까지도 공부를 했다. 일요일이면 학교에서 미처 읽어 보지 못한 책들을 읽거나 이미 배운 문법을 다시 복습하기에 급급했다.

슈투트가르트에서 118명의 수험생 중에서 36명만 합격할 수 있는 주 정부 시험을 치르고

난 후에, 시험에 합격하면 원하는 건 뭐든지 말해도 좋다는 아버지의 말에 한스는 "방학 때 낚시질하고 싶어요. 허락하시는 거죠?" 하고 대답한다. 주 정부 시험에 기대 이상의 좋은 성적인 2등으로 합격한 후 한스는 좋아하던 낚시를 다시 할 수 있다는 기쁨에 들떠서 낚싯대를 만든다. 그리고 이 작품의 제1장은 낚시를 좋아했던 작가 헤르만 헤세 자신의 어린 시절의 추억을 떠올리게 하는 말로 끝난다.

신학교에 입학하기 전에 여름 방학을 맘껏 즐기려던 한스 기벤라트의 포부는, 마을의 자랑이자 학교의 자랑이 된 한스에 대한 마을 교회의 목사와 교장을 비롯한 학교 교사들의 기대와 명예욕, 그리고 한스 자신의 야망 때문에 좌절된다. 마을 교회의 목사는 한스에게 신학교에서의 생활과 학업에 대해 이야기해 주면서, 그곳에서는 신약 성서의 그리스어를 배우기 때문에 방학 동안에 하루에 한두 시간가

량 그리스어로 쓰인 누가복음 두서너 장을 함께 읽기를 제안한다. 그러자 한스는 그렇게 하겠다고 약속한다. 왜냐하면 신학교에서도 다른 학우들보다 앞서기 위해서는 야망과 인내심을 갖고 더욱더 열심히 노력해야 한다는 사실을 한스는 잘 알고 있고, 꼭 그렇게 되고 싶었기 때문이다. 그러나 왜 그래야 하는지는 그 자신도 잘 모르고 있다. 3년 전부터 한스는 마을에서 주목받기 시작했다. 그후 학교 교사들과 마을 교회의 목사, 아버지 그리고 특히 교장 선생님까지도 그를 격려의 채찍질로 숨 가쁘게 몰아 세웠던 것이다. 교장 선생은 자신에 의해 일깨워진 한스의 아름다운 야망을 이끌어 갔으며, 한스가 훌륭하게 자라는 모습을 지켜보는 것이 교장 선생의 즐거움이자 영광이기도 했다. 그는 어느 날 저녁 한스 기벤라트의 집으로 찾아가서 신학교에서는 여러 가지 새로운 과목을 배운다면서, 한스에게 방학 동안에 그 과목들을 미리 공부해 둘 것을 제안한다. 주 정부 시험에 대한 불안감과 승리감으로 인해 사라져 버렸던 야망이 다시금 살아난 한스는 또다시 뜨거운 공부의 열기가 타올라서 이따금 시간을 내서 낚시를 하거나 산책을 할 때도 마음이 편치 않을 정도였고, 수학 교사는 한스의 수영 시간을 수학 과외 시간으로 바꾸어 놓았다. 그래서 한스는 마을 교회의 목사, 교장 선생, 그리고 수학 선생에게 신학교에 들어가면 배우게 될 과목들을 미리 공부하게 된다. 그리고 한스는 또다시 숙제 더미에 파묻혀서 밤늦게까지 책상에 앉아 이를 악물며 숙제를 해야 했다. 이처럼 한스가 여름 방학 동안에 좋아하는 취미 생활도 포기하고 건강을 해쳐 가면서 신학교에서 배울 과목들을 선행 학습하고 있다는 사실은, 성적 위주의 치열한 입시 경쟁하에 학교생활을 하고 있는 우리나라 청소년들에게는 너무나도 익숙하고 당연한 일로 생각되겠지만, 오늘날 독일 청소년들에게는 상상조차 할 수 없는 일이다.

그런데 여기 주목해야 할 점은, 성취에 대한 강박 관념과 승리에 대한 조급함에 사로잡혀 있는 한스가 조금만 오래 산책해도 곧 피곤해지고 머리가 아프고 눈이 아팠으며, 강렬한 꿈 때문에 잠을 잘 자지 못하고 자꾸 잠에서 깨어나곤 했다는 사실이다. 다시 말하자면, 한스 기벤라트는 마울브론 신학교에 입학하기 전부터 공부로 인한 스트레스로 두통과 피로감을 호소했다는 사실이다.

빌헬름 2세 통치하의 19세기 말의 독일 제국의 학교 교육이 그러하듯이, 치열한 입시 경쟁을 뚫고 마울브론 신학교에 입학한 학생들은 엄격한 규율과 통제하에 성적에 대한 압박감 속에서 억압적인 교육을 받아야 했다. 그러나 그 당시 마울브론 신학교에 다니던 학생이 누구나 다 소설의 주인공 한스처럼 학교생활에 적응하지 못해 신경 쇠약에 걸려 학교를 그만두지는 않았다. 즉 대다수의 입학생은 이런 고되고 비합리적인 교육 과정을 무사히 마쳤던 것이다. 이 사실은 한스 자신에게 어떤 문제점이 있었음을 의미한다. 한스에게는 일찍이 작가 헤세의 경우에서도 그랬던 것처럼, 정상적인 의학으로는 설명이 안 되는 무언가 이상한 현상, 즉 병적인 어떤 것이 나타나고 있었던 것이다. 따라서 소설의 주인공 한스 기벤라트가 신학교에서 실패한 원인을 분석하기 위해서는, 헤세의 성향과 건강 상태 및 정신 치료를 받았던 기록을 살펴볼 필요가 있다. 잘 알려져 있다시피 헤르만 헤세는 융에게서 정신 분석을 받았는데, 특히 가족병력도 있었다. 헤세의 친가 쪽 조부모와 아버지는 오랫동안 신경성 두통을 앓았는데, 신경 쇠약증이었던 것으로 보이며 이모할머니 중 한 명은 우울증 병력이 있었다.

이미 언급했듯이 헤세는 뷔르템베르크 주정부 시험을 준비하기 위해 괴핑엔에 있는 라틴어 학교를 다녔다. 그 시험에 합격하면 신학교에서 무상 교육을 받을 수 있었다. 그는 국가시험을 준비하고 있는 동안에 여러 번 건강이 좋지 않다고 느꼈으며 특히 왼편 옆 가슴의 통증이 있었다고 한다. 자신의 이러한 건강 상태를 염두에 둔다면, 그의 자전적 소설인 《수레바퀴 아래서》에서 한스가 왜 그토록 자주 두통과 피로감을 호소하고 있는지 이해할 수 있을 것이다.

작품 속에 반영된 작가, 헤르만 헤세

작가 헤르만 헤세도 《수레바퀴 아래서》의 헤르만 하일러와 마찬가지로, 1892년 3월 7일 추운 날씨에도 불구하고 조금의 돈도 지니지 않을 채 마울브론 신학교에서 도망쳤다가, 경찰에게 붙잡혀서 학교에 돌아온 후 여덟 시간

감금의 처벌을 받았다. 탈출 사건 후로 우울증에 빠진 헤세는 친구들에게도 더욱 따돌림을 당하여 괴로운 나날을 보냈고, 만성 두통과 불면증에 시달렸다. 헤세의 선생님들은 학교 탈출 사건을 계기로 헤세의 정신 상태를 심각하게 의심하기 시작했고, 선생님들 사이에서는 헤세를 퇴교시키라고 요구하는 목소리가 높아졌다. 교사들은 헤세의 부모님과 협의하여 헤세를 한 학기 동안 휴학시키기로 했고, 그 결과 헤세는 1892년 5월 7일 마울브론 신학교를 나왔다.

헤세의 정신 상태를 관찰하고 치료하기 위해서, 헤세의 부모는 그를 바트볼에 있는 요양원의 크리스토프 볼름하르트 목사에게 데려갔다. 헤세는 곧 바트볼에서의 요양 생활에 적응했다. 그러나 얼마 지나지 않아 바트볼 생활도 만족스럽지 못해서 부모에게 보낸 편지에서 지속적인 두통과 불면을 호소했다고 한다.

그는 바트볼에 2주 정도 머물렀는데, 치료 효과는 별로 없었다고 한다. 헤세는 점점 더 흥분 상태가 심해졌고, 여덟 살 연상의 한 여성에게 구애했으나 거절당하자 자살 소동을 일으킨다. 이 일로 인해 볼룸하르트 목사는 헤세 가족에게 슈테텐의 샬 목사를 찾아갈 것을 권한다.

1892년 6월 22일 헤세는 그의 어머니, 외삼촌, 이복형과 함께 칸슈타트 근교의 슈테텐 성에 있는 정신 요양원에서 4개월 동안 머물렀다. 헤세가 슈테텐 요양원에 입원할 당시의 정신 상태는 이렇게 기록되어 있다. '치료하기가 어렵다. 과대망상을 앓고 있다. 위대한 존재로 성장할 운명을 타고났다고 느낀다. 문학적으로 위대한 성공을 꿈꾼다.'

이와 같은 헤세의 증상은 《수레바퀴 아래서》에서는 한스 기벤라트가 공부할 때 책 속에서 동경과 갈망에 사무친 인물이나 역사의 한 부분이 불쑥 튀어 나오는 일이 이따금 반복되어 나타나는 것으로 묘사되어 있다고 할 수 있다. 이를테면 한스가 그리스어로 된 복음서를 읽을 때, 마가복음 6장에서 예수가 제자들과 함께 배에서 내리는 장면을 너무나 가깝고 분명하게 느낀 나머지 놀라움과 두려움에 떨기까지 했다고 묘사하고 있다.

현재의 슈테텐의 정신과 의사는 헤세에 관한 과거 병록을 종합하여 다음과 같이 평가했다. 조숙한 젊은 헤세의 반항은 우선적으로 아버지의 권위에 대한 항거, 즉 제한적인 시민적 환경의 대변자로서의 아버지에 대한 항거이다. 그는 자신의 제어할 수 없는 자유충동과 예술가적 노력을 제한하는 권위를 모두 거절한다. 그러나 의사, 교사, 친척 등 헤세의 동시대인들은 경건주의적 시민 환경의 협소함에 대한 반항에 대해 오로지 질병이라는 설명만 하고 있다. 진단은 신경병에서부터 전반적 불쾌감을 넘어 초기 정신병으로 이어진다. 헤세의 훼손된 심혼에 대한 증거는 그가 1916년에 아버지의 사망, 부인의 우울증 발병, 제1차 세계대전의 외적 압력으로 인해 신경 쇠약에 걸려 처음으로 정신 치료를 받으며, 1921년에는 퀴스니하트에서 융에게 정신 분석 치료를 받았다는 사실이다. 전혀 의심할 여지없이 정신 박약자와 간질병 환자의 치료 요양 기관인 슈테텐 성은 젊은 헤르만 헤세에게 적합한 체류지가 아니었다. 헤세가 체류했던 기관에서 겪은 이야기, 즉 마울브론과 바트볼과 슈테텐에서의 경험들은 오늘날의 우리에게 역사적 관점에서 교육적 근본 문제를 새로이 제기해 준다.

《수레바퀴 아래서》의 한스 기벤라트의 아버지는 작가 헤세 자신과 그의 아버지의 관계를 암시하고 있다고 할 수 있다. 헤세의 아버지 요하네스 헤세는 경건주의적인 종교적 생활을 자녀들에게 강요했고, 그들의 사소한 게

으름이나 잘못도 절대로 용서하지 않는 준엄한 원칙론자이며 금욕주의자였다. 어린 헤세는 이런 아버지에게 반항했고, 그의 아버지는 어린 아들을 매로 다스렸다. 헤세의 가정을 지배하고 있는 무거운 종교적 분위기와 어린 헤세에 대해 엄격했던 그의 아버지의 강압적 자세가 성장기의 소년 헤세에게 부정적으로 작용했고, 그리고 헤세가 학교에 들어가게 되자 그의 학교생활에까지 나쁜 영향을 끼쳤다. 취학 전의 헤세가 아버지에 대해 품고 있던 증오감과 적대심이 학교에 입학해서는 권위적이고 어린 학생들에게 폭력을 휘두르는 교사들에게로 옮겨간 것이다. 세기 전환기의 독일의 학교에서는 체벌이 허용되었는데, 헤세는 이런 체벌을 도덕적 잘못을 교정하는 가장 원시적인 해결책이라고 비난했다.

괴테의 작품에서 영감을 받은 헤세

1880년에서 1918년 사이에는 독일에서 기숙학교를 배경으로 하는 작품이 특히 많이 나왔고, 그 결과 세기 전환기의 독일 문학에서는 기숙학교 문학이 하나의 장르로 성립이 되었다. 《수레바퀴 아래서》는 독일의 기숙학교 문학 장르를 최고의 수준으로 확립하였다.

마울브론 신학교의 동료 학우들로부터 왕따를 당하고 있는 한스 기벤라트와 헤르만 하일러의 캐릭터는, 헤세가 마울브론 신학교 시절에 친구를 잘 사귀지 못했으며, 그가 가까스로 맺는 친구 관계는 다른 친구들 사이에 쉽사리 웃음거리가 되었다는 헤세 자신의 체험을 반영하는 것이라고 볼 수 있다. 우울증에 시달리고 반항적이고 창조적인 추진력을 지닌 천재적 기질의 하일러는 작가 헤세의 한 분신이라고 할 수 있다. 헤세의 또 다른 분신으로 그의 병적이고 상처받기 쉬운 기질을 대변하고 있는 한스 기벤라트는 소설의 끝 무렵에 강에 빠진 시체로 발견된다. 그러나 그의 죽음은 사고인지 자살인지 소설 속에서 분명히 밝혀지지 않고 있다. 소설의 제4장 처음에는 신학교에서 4년 동안의 학업을 끝마치지 못하고 이탈하는 학생들에 대해 이야기하고 있다. 또한 한스 기벤라트와 함께 헬라스 방에 기숙하던 힌딩거라는 학우가 1월에 연못에 빠지는 사고로 죽고, 그의 장례식이 거행되는 장면을 묘사하고 있다. 이로써 주인공인 한스 기벤라트의 죽음이 특별한 게 아니라는 사실을 암시하고 있는 것이다. 그 밖에도 헤세의 소설에는 한스가 어렸을 때 낚시에 대한 뜨거운 열정을 가르쳐 주었던 절름발이 헤르만 레히텐하일이 2월 어느 날 갑자기 열이 나기 시작하더니 재빠르게 숨을 거두고 조용히 먼 나라로 떠나 버렸다고 기술하고 있다.

헤세는 위기 극복 방식에 있어서 자신이 존

경했던 괴테의 전통을 따르고 있다. 일찍이 괴테가 《젊은 베르테르의 슬픔》을 쓰면서 자신의 우울증, 자살 소동에서 해방되었듯이, 헤세도 《수레바퀴 아래서》를 쓰면서 마울브론 신학교에 입학했다 퇴학당하고, 그로 인해 우울증과 신경증 때문에 정신 치료를 받아야 했고, 자살 기도도 여러 번 했던 그의 청소년기의 위기에 대한 기억으로부터 자신을 해방시킨다. 다시 말해서, 글쓰기란 작가 헤세에게는 자기 치료의 과정인 것이다.

작품 속 한스와 다르지 않은 오늘날의 청소년

《수레바퀴 아래서》는 19세기 말의 독일 사회를 배경으로 쓰였지만, 과열된 입시 경쟁으로 인해 성적에 대한 압박감과 스트레스에 시달리고 있는 오늘날 우리나라 청소년의 삶과 현실을 비추어 볼 수 있는 책이기도 하다. 마울브론 신학교라는 엄격한 기숙학교의 폐쇄된

공간에서 생활하면서 오로지 학교 성적에만 매달리다 신경 쇠약에 걸려 학교를 그만두게 되는 주인공 한스 기벤라트의 이야기는 오늘날 입시 경쟁 위주의 한국 교육 체계를 투영시켜 읽어 보아도 공감할 만하다. 한 세기를 거친 현재 독일은 선진 교육 체계를 지닌 국가로 손꼽히고 있다. 대한민국은 과연 어떠한가? 청소년을 주인공으로 한 헤르만 헤세의 소설《수레바퀴 아래서》의 주인공 한스 기벤라트가 대한민국 여느 학교마다 존재하지 않을까.

이순학

작 가 연 보

1877년 7월, 독일 남부 뷔르템베르크에서 태어났다.

1881년 부모와 함께 바젤로 이주했다.

1883년 아버지가 스위스 국적을 취득했다.

1886년 칼프로 이주하여 1889년까지 실업학교를 다녔다.

1890년 신학교 시험 준비를 위해 괴핑엔의 라틴어 학교에 다니며, 뷔르템베르크 국가시험에 합격했다.

1891년 명문 개신교 신학교 수도원인 마울브론 기숙 신학교에 입학했다.

1892년 시인이 되기 위해 마울브론 신학교를 도망쳤다. 6월, 자살 기도를 하고 정신 요양원 생활을 했다. 11월, 칸슈타트 김나지움에 입학했다.

1893년 학업을 중단했다.

1894년 시계 부품 공장에 수습공으로 들어갔다.

1896년 튀빙겐에서 서점 점원으로 일하며 집

필을 시작했다.

1899년 《낭만적인 노래들(Romantische Lieder)》《한밤중 이후의 한 시간(Eine Stunde hinter Mitternacht)》을 출간했다.

1901년 처음으로 이탈리아를 여행했다.

1902년 어머니가 사망했다.

1903년 두 번째로 이탈리아 여행길에 올랐다.

1904년 《페터 카멘친트(Peter Camenzind)》를 출간했다. 마리아 베르누이(Maria Bernoulli)와 결혼을 했다.

1906년 《수레바퀴 아래서(Unterm Rad)》를 출간하고, 잡지 〈삼월(Marz)〉을 창간했다.

1907년 《이 세상에(Diesseits)》를 출간했다.

1908년 《이웃들(Nachbarn)》을 출간했다.

1909년 취리히, 독일, 오스트리아로 강연 여행을 다녔으며, 빌헬름 라베를 방문했다.

1910년 《게르트루트(Gertrud)》를 출간했다.

1911년 인도 여행을 했다.

1912년 《우회로들(Umwege)》을 출간하며, 독일을 떠나 스위스 베른으로 이주했다.

1913년 《인도에서. 인도 여행의 기록(Aus Indien. Aufzeichnungen einer indischen Reise》을 출간했다.

1914년 《로스할데(Roβhalde)》를 출간했다. 1919년까지 베른에서 '독일 포로 구호' 기구에 복무하며 잡지를 발행했다.

1915년 《크눌프(Knulp)》를 출간했다.

1916년 아버지가 사망했다.

1919년 《데미안(Demian)》《동화(Marchen)》《차라투스트라의 귀환(Zara thustras Wiederkehr)》을 출간했다. 잡지 〈새로운 독일적인 것을 위하여(Vi vos voco)〉 창간호를 발행했다.

1920년 《방랑(Wanderung)》《클링조어의 마지막 여름(Klingsors letzter Sommer)》을 출간했다.

1922년 《싯다르타(Siddhartha)》를 출간했다.

1923년 부인 마리아와 이혼하고 스위스 국적을 취득했다.

1924년 루트 벵어(Ruth Wenger)와 재혼했다.

1925년 《요양객(Kurgast)》을 출간했다.

1926년 《그림책(Bilderbuch)》을 출간했다.

1927년 《뉘른베르크 여행(Die Nurnberger Reise)》《황야의 이리(Der Steppenwolf)》를 출간했다. 루트 벵어와 이혼했다.

1928년 《관찰(Betrachtungen)》을 출간했다.

1930년 《나르치스와 골드문트(Narziβ und Goldmund)》를 출간했다.

1931년 니논 돌빈(Ninon Dolbin)과 재혼한다.

1932년 《동방순례(Die Morgenlandfahrt)》를 출간했다.

1937년 《기념첩(Gedenkblatter)》을 출간했다.

1939년 1939년부터 1945년 제2차 세계 대전 종전까지 독일에서 헤세의 작품에 출판금지령이 걸린다.

1942년 《시집(Gedichte)》을 출간했다.

1943년 《유리알 유희(Das Glasperlenspiel)》를 출간했다.

1945년 《꿈의 여행(Traumfahrte)》을 출간했다.

1946년 《유리알 유희》로 노벨상을 수상했다.

1947년 고향 칼프 시에서 명예시민이 됐다.

1951년 《후기 산문(Spate Prosa)》《서간집(Briefe)》을 출간했다.

1954년 《픽토르의 변신(Piktors Verwandlungen)》《헤르만 헤세-로망 롤랑: 서한집(Briefwechsel: Hermann Hesse-Romain Rolland)》을 출간했다.

1955년 《마법(Beschworungen)》을 출간했다.

1956년 '헤르만 헤세'상이 제정되었다.

1962년 몬타놀라의 명예시민이 되었다. 8월 9일 뇌출혈로 몬타놀라에서 사망했다. 아본디오 묘지에 안치되었다.

이순학

전남대학교 독일언어문학과 독어교수법을 전공했으며, 프로듀서(Producer)와 다큐멘터리스트(Documentarist)로 활동하고 있다. 현재 기획 · 마케팅 전문 프로듀서로서, 다큐&영화로 만드는 새로운 공공미디어 채널 설립에 힘쓰고 있다. 다큐멘터리스트로 제작한 대표적인 작품으로는 〈혈맹〉 〈마래터널〉 〈목격자를 찾습니다〉 등이 있고, 기획 및 제작 프로듀서로 활동한 대표적인 작품으로는 〈둥근 장막〉 〈지금 보고 계신 거죠〉 등이 있다.

수레바퀴 아래서

초판 1쇄 펴낸 날 2019년 5월 20일

지은이 헤르만 헤세
옮긴이 이순학
펴낸이 장영재
펴낸곳 (주)미르북컴퍼니
자회사 더클래식
전 화 02)3141-4421
팩 스 02)3141-4428
등 록 2012년 3월 16일(제313-2012-81호)
주 소 서울시 마포구 성미산로 32길 12, 2층 (우 03983)
E-mail sanhonjinju@naver.com
카 페 cafe.naver.com/mirbookcompany

(주)미르북컴퍼니는 독자 여러분의 의견에
항상 귀 기울입니다.

파본은 책을 구입하신 서점에서 교환해 드립니다.
책값은 뒤표지에 있습니다.